ハヤカワ文庫 JA
〈JA1557〉

コスタ・コンコルディア
工作艦明石の孤独・外伝

林 譲治

早川書房
8975

目次

1 ドルドラ星系 7
2 シドン自治政府 42
3 コミュニティセンター 78
4 石室 120
5 住居群 162
6 ランドマーク 199
7 反動 242
8 エレモ 279
あとがき 328

コスタ・コンコルディア　工作艦明石の孤独・外伝

登場人物

■現在の惑星シドン

テクン・ウマン……………………………調停官
クワズ・ナタール…………………………弁務官
ファン・ダビラ……………………………暫定自治政府代表
レン・バルバット…………………………暫定議会議長
ジョン・ユンカース………………………暫定議会ビチマ会派代表
マドラス・ミーゴ…………………………暫定自治政府警察局長
エピータ・フェロン………………………文化人類学者
柳下恵……………………………………弁務官事務所高等技官
ステリング・ルバレ………………………有力者
川西チセロ…………………………………ナク族の顔役
ダグラス・クローバー……………………若いビチマ

■過去の惑星シドン

レンド・フックス…………………………惑星シドン最初の弁務官
イック・バンバラ…………………………ビチマの女王
ミサナ・バンバラ…………………………イックの弟

1　ドルドラ星系

「ワープアウト完了、ドルドラ星系、惑星シドンの静止軌道に入りました。現在、海上都市ネオ・アマコの直上です」

偵察巡洋艦クレベのエージェントAIであるジャンヌは、テクン・ウマン調停官に報告する。ウマンは数少ないAクラスの調停官だった。

「ジャンヌ、軌道を表示してくれ」

ウマンがそう言うと、彼の視界の中に惑星シドンと、その静止軌道上のクレベの位置関係が表示される。

恒星ドルドラは太陽の半分以下の質量しかないM型恒星だった。惑星シドンは太陽系の水星よりも恒星に近かったが、それだけ接近していても惑星環境は地球よりもずっと寒冷だった。

シドンの公転周期は地球時間で二月半《ふたつきはん》、自転周期は三六〇時間で、一回の公転周期の間に五回しか自転しない。このように自転周期が遅いために、静止軌道は惑星表面から二五万キロ以上離れていた。

クレベから見えるシドンは夜であったが、惑星表面では海上都市ネオ・アマコと、大陸にある首都サイリスタくらいしか明かりは見えなかった。もちろんこの二大都市以外にも小規模な町や集落はあるそうだが、静止軌道からはわからない。

「こんな辺境星系の殺人事件の捜査に私は呼ばれたのか」

ウマンには、軌道上に宇宙ステーションが一つしかない星系に派遣された理由がわからなかった。特殊な技術により脳神経系とＡＩの融合を実現した、Ａクラスの調停官を必要とする植民星系は他に幾つもあるだろうに、こんな辺境とは。

しかも地球圏統合弁務官事務所は、ウマンに対して「現地の複雑な殺人事件の捜査協力」以上の情報を提供しようとはしなかった。ともかく詳細はクワズ・ナタール弁務官から説明を受けよ。それだけだ。

「ジャンヌ、クワズ弁務官に到着を報告してくれ」

「クワズ弁務官に調停官の到着を報告します」

ジャンヌは中性的な音声で事務的に告げる。いまのＡＩの能力ならもっと人間臭い応対も可能だが、ウマンにはＡＩの対応を無理に人間に寄せるのは無駄な気がしたからだ。ただ調停官という仕事のせいもあって、そんなウマンは周囲から人間味がないと見られることも多かった。

それに限らずウマンの生活は無駄がない。自分で聖人君子とは思わないが、他人ほど欲がないのはわかっていた。内蔵ＡＩの影響ではなく、彼とはそういう人間なのだ。典型的なのが偵察巡洋艦クレベだ。

クレベの乗員はウマンだけだ。スタッフを増員することもあるが、ほとんどの場合、彼しかいない。全長二〇〇メートルの宇宙船内で、彼の居住空間は船室二つだけだ。生活の大半が、艦内の二つの船室の間を移動するだけで終わる。

調停官の中には、貸与された偵察巡洋艦に一〇〇人近いスタッフを抱えて任地に向かう者もいる。ウマンとは対照的だが、そうした選択が可能なのは調停官という役職の権限と責任ゆえだろう。

一〇〇人のスタッフを抱える仲間にしても、権勢を誇っているわけではない。その人なりに最小限の人数に抑えてもそれだけのスタッフが必要という判断だ。ジャンヌにしても普通の艦船用ＡＩとは比較にならないほどの高性能ＡＩであり、艦内の容積の大半はＡＩ

のためのコンポーネントと言っても間違いはない。

結局は、こうした違いは人間を信用するか、ウマンのようにＡＩを信用するかになる。さらには、そこそこ高性能のＡＩと適度な数の人間のスタッフを抱える調停官もいる。これらに正解はない。解決すべき星系社会の問題に合わせて適材適所で調停官は派遣される。

ワープ技術が実用化され、すでに四世紀が経過している。その間には二世紀近い停滞の時代を挟んだが、人類の植民星系の数は停滞期の六〇ほどから今日では二七〇を超えている。

ただほとんどが入植から一世紀に満たない星系であり、地球圏政府の理想とする政治体制を実現できるだけの社会基盤がない。それらを構築するまで、弁務官が暫定自治政府とともに統治する形が続いていた。

このような統治システムの中で、特別な立場の弁務官を調停官と呼ぶ。一言でいえば弁務官では解決できない問題について調停を行うのが調停官だ。

こうした調停官は人類の文明圏全体でも、一〇人前後しかいない。Ａクラスとなれば三人だけと聞いている。それだけの権限と責任が与えられ、公正な判断が求められるのだ。

「クワズ弁務官です」

ジャンヌの声とともに、ウマンは仮想空間上の応接室にいた。そこで彼に向かっているのがクワズ・ナタール弁務官だった。

「久々だな、元気そうで何よりだ」

クワズはそう言って、ウマンを労《ねぎら》う。二五万キロの隔たりは、会話をするには電波通信のタイムラグが無視できない距離だ。しかし、ジャンヌとクワズのエージェントAIは、互いに持ち主の癖や思考パターンを熟知しているため、そうした情報をAI同士が交換することで、人間はこの程度の遅延は意識しないで会話できた。

つまり仮想空間上のクワズの発言は、リアルタイムのものではなく、為されるはずの発言をAIが予測したものだ。過去に何度か仕事をしたことがあり、なおかつ会話の内容が実務中心であれば、AIの予想が間違っていることはほぼない。

「総人口二〇〇万足らずの辺境星系にクワズ弁務官が着任とは意外だな」

それはウマンが地球を出る時から気になっていた点だった。彼の疑問にクワズは自信ありげに応える。それはウマンが知っていたクワズの態度そのものだった。

「問題の重要性は必ずしも人口には比例しない。むしろ地球圏統合弁務官事務所では、人口二〇〇万の辺境星系の社会問題さえ解決できないという評判を気にしている。それに歴史を刻んできた星系では、大なり小なり民族問題が生じている。ドルドラ星系の事例は、そうした問題のケーススタディとなる」

「民族問題か……」

ウマンはそう口にしながらも、自分の派遣が要請された理由は表向きの殺人事件の捜査ではなく、そうした問題解決モデルの事例構築だろうと予想していた。彼のようなAクラスの調停官がドルドラ星系のような小さな社会に来るとしたら、他の星系を統治するための解決事例を作り上げるくらいしか考えつかない。

「つまり他星系の弁務官に代表される行政官全体への参考事例となるように、ドルドラ星系の民族問題を私に解決しろと？　それこそ教科書に載るように」

ウマンの問いかけに、クワズは曖昧な笑みを浮かべる。弁務官の笑みには警戒せよ。調停官のイロハだ。

「解決の定義による。ちなみに、ビチマについてどれだけ知っている？」

「ワープの事故により、推定で三〇〇〇年以上前に惑星シドンにワープアウトした、恒星間宇宙船コスタ・コンコルディアの乗員の子孫。このタイムワープ問題については調査されたものの、情報不足で調査はすぐに打ち切られた。そしてこの時の調査でもビチマについては対象外とされた。

惑星シドンが地表は寒冷ながらも活発な火山活動による熱源があり、彼らはそうした環境に適応して独自文化を構築してきた。ビチマの語源にはいくつかの説があるが、イタリア語の遭難者（vittima）由来という説が一番支持されている。

植民星系再拡大期に入り、いまから一五〇年ほど前にキャベンディッシュ総合開発という比較的規模の小さい企業が、ドルドラ星系の開発を地球圏政府より請け負った」

クワズは何も言わないまま、ウマンの説明を聞いている。彼の説明は間違ってはいないはずだが、内容はパンフレットの記述程度の情報量しかない。クワズが促すのでウマンは続ける。

「ビチマの悲劇は、キャベンディッシュ総合開発がドルドラ星系のすべてを管理したことだ。惑星シドンとガス惑星のグンサーしかない小さな星系は、彼らが完全管理した最初の星系だった。

そして最初の入植者とビチマは接触する。しかし、三〇〇〇年の間に技術文明をすべて失ったビチマは、入植者たちには賢い家畜にしか見えなかった。いや、率直に言えば奴隷だ。

それが証拠に、入植開始から数十年にわたってビチマの存在は地球圏政府に報告されなかった。ビチマに人間である疑いが報告されたのが約一〇〇年前、コスタ・コンコルディアの残骸が発掘され、人間であることが正式に認められてから七五年。

この少なく見積もっても七五年、人間の可能性が指摘されながらも正式に認定されなかった二五年を加味すれば、約一〇〇年にわたってビチマには法的根拠を伴った人権は認められず、それがこんにちの民族問題の背景である。これでいいか？」

「完全とは言い難いが、間違ってはいない」

クワズは言う。

「完全と言い難いのは当然だ。ビチマに関して報告されている情報は著しく少ない。部分的な報告はそこそこあるが、体系的な整理はなされていないのが現状ではないか」

ウマンの抗議を弁務官は否定しなかった。

「とりあえず、ビチマに関する公式なデータベースの記述については忘れてくれ。自治政府の相談役として最初に派遣されたレンド・フックス弁務官の方針で、最大公約数的な情報しか公式な報告は出ていない。ただし歴代の弁務官により、弁務官事務所はさまざまな資料や事実関係を収集し、分析している。それらは調停官の武器になると思う」

「資料を蓄積しているのに、外部に出していないのか？　どうして？」

ウマンにはそれが理解できない。弁務官事務所の長年にわたる調査資料は、公式なものとして記録されるべきだ。クワズ弁務官のようなエリートにその原則がわからないはずがない。

「事実関係を地球圏政府の公式見解として明らかにする。通常なら多くの問題がそれで解決できる。我々以上に説得力のあるデータの蓄積をもつものはいないからだ。

だが事実の公表そのものが政治的な意味合いを持つとなると、情報の出し方には神経質にならざるを得ない。

入植者の子孫たちの多くもさすがに今日では、ビチマが人間であることを否定こそしないものの、彼らが人類の技術文明を失い、動物にまで退化した存在という偏見を抱いている。もちろん偏見にも程度の差はある。そしてその偏見の違いがまた入植者たちの党派性につながっている。

ビチマの伝承を信じるなら、彼らは高い知性と精神文化を持っていた。ただ暫定自治政府はこうした事実関係の調査には控えめに言っても無関心だ。ただそれを論難《ろんなん》すれば、弁務官事務所つまりは地球圏政府が、入植者による自治政府を攻撃していると捉えられてしまう。私とて弁務官の訓練の中で歴史教育は受けている。文化人類学者か歴史学者になろうと考えた時期もあったほどだ」

「確かに、行政学院で学んでいた時には、そんなことも言っていたな」

年齢はウマンの方が上だったが、クワズとは行政学院では同期だった。学者肌だったこの男が行政官として最優秀の成績で卒業した時には、成績よりも行政官を職として選んだことに、同期は驚いたものだった。

「歴史学ならば、物証に基づく事実関係の開示は公正になされることが原則だ。仮説はもとより、仮説の根拠となる物証についても、その妥当性が検証されねばならない。

しかし、統治となれば話は別だ。我々の職務は、市民の生存環境を確保した上で、可能な限り公正な社会を実現するところにある。つまりは公正な社会秩序の維持。

ドルドラ星系以外なら、我々の課題は社会の公正さの追求ですむ。ほとんどの植民星系ではエネルギーも食料も潤沢にあり、生存のための資源はすべての市民に約束されている。その上で我々は社会の公正さを考えればいい」

「ここでは違うのか？　軌道上から見た範囲で、惑星シドンには大都市は二つだけだが、正常に機能しているように見えるが」

「それは我々と自治政府の働きのためだ。大都市が二ヶ所しかないのは、惑星シドンの環境の過酷さによる。

大都市というが、都市機能を集約化して運用しなければインフラの維持に莫大なコストがかかるためだ。ネオ・アマコを海上都市としているのも、陸上都市よりも集約化しやすいのが理由なんだ。宇宙基地のノウハウが直接活用できるからな。

つまり惑星シドンで社会対立から武力闘争のようなことが起きたなら、都市機能が麻痺する可能性が高い。そうなれば、直接的に人命に影響することになる。ここの自然は人間に対して優しいとは言い難いからな」

「それほど過酷なのか？　あまりそういうデータは届いていないが」

「地球圏統合弁務官事務所だって忙しい。人口二〇〇万人しかない辺境星系の気象データを高精度に求めようとはしないさ。ビチマはもちろん入植者たちでさえ惑星気象の観測などしてこなかった。入植後の一五〇年の歴史の中で、気象衛星が設置されてまだ五年しか経っていないんだ。幸いこの五年は安定期なので、そっちに届いている惑星環境はそこまで過酷ではないからさ」

そう言うとクワズは惑星シドンの立体映像を二人の間に浮かべた。

「ここの惑星環境は複雑だ。M型恒星のドルドラは比較的安定している。だが惑星シドンの楕円軌道の離心率と傾斜角の関係から、恒星からの輻射熱量が一回の公転中で時に数パーセントも変化する。それだけでも気候に大きく影響する。当然、このことは惑星大気の運動速度にも影響を及ぼす。これに惑星グンサーの潮汐力の影響が加味される。

惑星の気象に影響する要素は複数存在し、それらは独立した周期性を持っている。温暖化と寒冷化の周期だ。だから温暖化の山が重なった時には、地表の氷河も溶け、惑星は温暖な環境となる。逆に寒冷化の山が重なれば、大陸の大半が氷河に覆われる」

「そんな環境で、どうしてビチマは三〇〇〇年も生きてこられたんだ？」

ウマンは、事前に聞かされてきたドルドラ星系の情報と現実の姿に大きな乖離《かいり》があることに、任務の困難さを覚悟した。地球圏政府の現地情報が不十分なまま、ウマンが派遣されたなら、政府が認識している問題さえも本質を捉えていないかもしれない。その場合、解決すべき問題が何であるのかをウマンが再定義する必要がある。

「どうしてビチマは三〇〇〇年も生存できたのか？　正直、わからん。その辺はエピータ・フェロンの領分だ。あっ、このエピータというのは、ビチマの中で初めて文化人類学者になった人物だ。入植者の偏見なしで、ビチマの文化や歴史を主体的に解き明かすには彼女の協力が不可欠だよ。

宇宙船コスタ・コンコルディアからの物資が彼らの生存を助けたのは間違いないが、それでも役に立てたのはせいぜい一〇〇年程度だろう」

そうして映像は、どこかの海岸に変わる。海岸には直径一五〇メートルほどのドームが作られている。一部は海面に張り出す形だ。

画面はドームに接近し、すぐに内部の光景に変わった。そこには半分以上が砂に埋まった宇宙船らしい残骸の姿があった。

「これがコスタ・コンコルディアだったものだ。ビチマの祖先たちはこの宇宙船が軌道上にある段階で、必要な物資を降下カプセルにより地上に降ろしたらしい。どうやら軌道上に残された宇宙船は、しばらくは太陽発電衛星として地上に電力を供給していたようだ。ただ宇宙船は一〇〇年もしないうちに忘れられ、大気の制動により徐々に高度を低下させ、ついには大気圏に突入してしまった。この映像に映っているのは艦首部で、全体の四分の一、概《おおむ》ね一〇〇メートルほどの部分だ。大気圏突入時に船体は空中分解し、各地に散り散りになったようだが、おそらくはほとんどが海底に没しているだろう。

とはいえ、この艦首部が残っていたことで、ビチマが人間であることが証明されたのだ。決定的なのは、宇宙船内から採取された複数の上皮細胞を分析した結果、ミトコンドリアDNAによる比較検討で、ビチマがコスタ・コンコルディアの乗員たちの子孫であることが証明された。

これがあったからこそ、ビチマは人間なのか、シドンの土着動物なのかの論争に終止符が打たれた」

クワズの話は、ウマンが初めて知るものだった。

「報告書には、ビチマと人類のDNAなどの比較で同一起源が証明されたとあったが……結論が書かれているだけで、詳細なデータは省略されていたな」

「詳細を省いたのは、一〇〇年前に赴任した弁務官の判断さ。ビチマは人類と同一起源という弁務官の見解が発表されてから、地球圏統合弁務官事務所の名前でビチマの人間宣言がなされるまで二五年かかってる。

現地の弁務官命令で人間宣言を出すことは可能だった。それを二五年も時間をかけたのにはそれなりの理由がある」

「それなりの理由だと？　私には職務怠慢としか思えないが。いや調停官ではなく、普通の弁務官でも同じことを言うだろう」

「内情を知れば、そう簡単にもいかんよ。まず惑星シドンの産業基盤は脆弱《ぜいじゃく》で、社会全体が貧しいという前提条件がある。

入植者たちはビチマを労働力として食糧生産や鉱山開発に酷使していた。公式見解はそうなっているはずだ。労働環境には問題もあったが、ビチマも都市に居住するようになり、総人口も増えている。これが地球圏統合弁務官事務所への公式の報告。嘘ではないが正確でもない。

入植者はビチマを人間扱いしていない。それを労働力としていた。つまり……」

「入植者たちは、ビチマを奴隷にしていたというのか？」

歴代弁務官たちが口当たりのよい報告しかしない理由がウマンにはやっとわかった。宇宙文明を築いた人類なのに、奴隷制度で経済を維持している植民星系の存在などあってはならないことだ。しかもそれを最初の弁務官が黙認していたとすれば、シドンの奴隷制度で弁務官も共犯となる。とても公式には報告はできないだろう。

「奴隷とは表現しない、ビチマはビチマさ。しかし、ここではビチマとは奴隷と同義語だ。オフレコの話をすれば、地球圏統合弁務官事務所も地球圏政府も惑星シドンの状況は知っている。歴代の弁務官が地球に戻れば口頭で報告するからな。ただし口頭での報告は記録しない」

「どうしてだ、奴隷制を肯定しているのではあるまい？」

「弁務官の見解から人間宣言まで二五年かけたのは、シドン経済のソフトランディングのためだ。

ビチマは奴隷として扱われていた。つまり商品として売買されていた。だからビチマはシドン経済の中では個人資産なんだよ。個人所有の奴隷とは、財産の一部ということだ。奴隷を解放すれば、入植者たちは財産の多くを失うことになる。経済は崩壊し、都市インフラは維持できず、万の単位の死傷者が出る」

「信じられんな」

それがウマンの率直な気持ちであった。

「信じられないという気持ちはわかる。私も赴任前の研修で事実関係を知るまで信じられなかったよ。

言うまでもなく、入植者たちも現代社会で奴隷の存在が犯罪行為に等しいことは理解していた。

ただ一方で、彼らは惑星シドンの環境のなかで、ビチマを人間として扱わないことの経済的メリットも把握していた。ビチマを奴隷や家畜として扱えるなら、入植者の都市建設や鉱山開発はただ同然の労働力を確保できるからな。

ワープ宇宙船が時間を三〇〇〇年も遡ってワープアウトしてしまったという前代未聞の事故に考えが及ばなかったとしても、人体組織やDNAを調べれば、ビチマが人間であることはわかる。

確かに入植当時にはその起源が謎であっただろう。しかし、それでもビチマが奴隷や家畜として扱うべき存在ではないことくらいは、言語を使用するという一事を持ってしてもわかったはずだ」

「どうして入植者たちはビチマの生物学的な検査をしなかったんだ？」

クワズは嫌な記憶を思い返すかのように説明する。

「それに関しては記録がない。ただ初期入植者の幹部たちが連名で、ビチマは惑星シドンの動物であり、家畜化が可能である、と結論づけた文書だけが残っている。この文書にサインを拒んだ幹部もいたようだが。

他にビチマに関する報告書といえば、それらが如何に愚かであるかという根拠不明の文書だけだ。それにしたところで数は少ない。

私個人の見解だが、初期の入植者たちもビチマが人間であることは暗に認めていたのではないかと思う。簡単な検査でそれは証明できるからな。だからこそビチマが人間である証拠を隠そうとし、外部からビチマを調査しようとする動きには徹底して抵抗した」

「それにしても、こんな信じ難い事実をよく何十年も隠しおおせたな」

「この問題の重要部分が口伝で伝えられ、データベースに記録がない理由の一つがそれだ。惑星シドンの最初の弁務官レンド・フックスは入植者たちの判断を支持し、彼らに都合がいい形で地球圏統合弁務官事務所に報告したのだ。

彼は惑星シドンの植民地開発が成功することを優先した。シドン経済が発展し、入植者が豊かになる過程でビチマを人間として入植者に同化させたなら、問題は解決すると考えたらしい。

ここにいる我々には、そうした判断は決して肯定できないが、フックスの判断の根拠には理解できる部分もある。ビチマは三〇〇〇年の間に技術文明を失い、入植者と接触したときには痩せこけた石器人のような姿だったそうだ」

「歴代の弁務官が優秀なのは認めるが、何代にもわたって口伝でそんな内容を継承してきたのか？」

そう言うとクワズの手の中に、いまの時代には見ることのない紙のノートが現れる。

「フックスは首都サイリスタの建設に貢献し、惑星シドンに恒久的な人類植民地を実現するのに多大な成果をあげた。だから彼は通常の任期よりも長く、この辺境星系に止《とど》まった。そして任期満了とともに、非公式記録のこのノートを持ち帰った。

残念ながらビチマの生物学的検査の記録は彼自身が破り捨てたらしい。非公式記録でも持ち帰るべきではないと考えたらしい。

ノートに残されているのは、ビチマの文化だ。言語や伝承の類《たぐ》い。つまりビチマが家畜ではなく文化を持った知性体であり、奴隷扱いしてよい存在ではないということが、記されている。ただビチマと人間の類似性や、その起源については触れられていない。

何しろ紙にペンで記述するというやり方なので、情報量には限界がある。それにフックスの任期の終わり頃には入植者と弁務官事務所の蜜月状態は終わりを遂げつつあった。ノートの記述では、フックスがビチマ文化について調査することを入植者たちは極端に嫌がり、時に敵対的な反応を見せた。

本当はもっと詳細に記録したノートが別にあったらしいが、それは入植者に奪われ、万が一の場合に備えたこの抜粋だけが残されたとのことだ」

「しかし、そのノートがあれば状況はもっと早急に変えられたんじゃないのか？」

クワズは首を振る。

「このノートは弁護士によりフックスの死後、統合弁務官事務所に提出されたのだ。その間に彼以降の二人の後任弁務官が、ビチマの待遇改善のために文化的同化政策を進めていた。

ビチマは人間であるというのは、フックスが退任するときの後任への申し送り事項であったらしい。もちろんこれも口伝だ。そして歴代の弁務官はビチマの文化を消し去り、入植者の文化に同化させ、適切なタイミングで、ビチマが人類と同一だと公表する、そういう戦略を考えていた。

これ自体、犯罪行為と言われても仕方がない。弁務官が奴隷制度を公認したのは事実だ。それ故に、ビチマについての詳細な情報は統合弁務官事務所としてはおいそれと外部に出せない。それが一〇〇年以上前であろうと、弁務官が現地の事情を忖度《そんたく》して奴隷制度を公認したとなれば、弁務官制度そのものへの信頼感を喪失するだろう。影響はドルドラ星系に留まらず、内政に問題を抱える幾多の星系社会に影響が波及するんだ」

そして映像は再びコスタ・コンコルディアの姿に戻る。ただ先ほどとは映像が変わり、船内の様子だ。船内の壁が不自然に二メートル四方ほど切断され、失われていた。

「ところで調停官は、この星系がどうしてドルドラ星系と呼ばれ、この惑星がシドンと呼ばれるかご存じか？」

「フックス弁務官が命名したと資料にあるが、違うのか？」

「公式にはそうなのだが、実際に命名したのはコスタ・コンコルディアの乗員たちだ。この切断される前の壁はこうなっていた」

宇宙船の船内に切り取られたはずの壁が戻る。そしてそこには乗員たちが刻みつけたドルドラ星系の二つの惑星軌道と、その惑星の名称が記されていた。生物が居住する惑星がシドン、その外側を巡るガス惑星がグンサーと。

「入植者たちが訪れた時点ではすでに軌道上に宇宙船の姿はない。彼らはドルドラ星系の惑星の呼称をビチマから知ったのだ。ビチマを石器時代まで退化した人間と描こうとする者もいるが、少なくとも入植者と接触した段階で、ビチマは天体運行の知識を継承していた。それは先ほどのノートにも書いてある。

調停官は先ほど、ビチマが三〇〇〇年も惑星シドンで生存できた理由は何かと尋ねたが、どうやら彼らは宇宙船の機械や道具は失ったものの、科学知識の多くを伝承していたらしい。そうした知識が彼らの生存に繋がったのではないか。私はそう考えている。

じっさい赤道域の平原部を中心に、野生化したジャガイモやトウモロコシが確認されている。失敗に終わったとしてもある時期までは農業が行われていたのは間違いないだろう。当然そうした営為には高い精神文化が要求される。

そうした精神文化は、ビチマを奴隷なり家畜化しようとしていた入植者たちには不都合な事実だった。ビチマは高度な精神文化を持たない動物でなければならなかったからだ」

「それと私が呼ばれた殺人事件と関係があるのか？」

「もちろんある。残念ながらビチマの精神文化の存在を認めたがらない人間はいまも存在し、一定の政治力を持っている。だからこそ、ビチマが天体の知識を持っていた物証であるコスタ・コンコルディアは攻撃の対象になりやすい。この壁のようにな」

「弁務官は初代のフックス弁務官の方針を肯定していないのか？」

ウマンはそこを確認する。クワズが明らかに従来の統治方針に異を唱えているからだ。

しかし、クワズの返答は、歯切れの悪いものだった。

「弁務官事務所の内部であれば、七代前の弁務官から方針ははっきりと切り替わっている。地球の時間でざっと三〇年ほど前だ。

ただし、それは公共のものではない。なぜならば惑星開発の出発点となった最初の弁務官裁定を、他の弁務官が覆《くつがえ》すのは容易ではないからだ。自治政府の法令や裁判の判例にも弁務官裁定は影響している。

惑星シドンの歴史は一五〇年ほどと植民星系の中では若い方だが、それでも社会の蓄積や利害関係がある。弁務官裁定の見直しは、そうした面にも影響を及ぼす。むしろ総人口二〇〇万人程度の小社会だからこそ、影響は甚大だろう。

一方で、総人口一五〇万人から二〇〇万人というのは、マジックナンバーだ。暫定自治政府や暫定議会から暫定の二文字が取れて、完全なる自治政府や議会が立ち上がる最小規模がこのあたりだ。

客観的に見れば、ドルドラ星系で暫定の二文字が取れないのは、経済的実力の弱さが原因だ。そしてドルドラ星系の経済発展の最大の阻害要因は、まさにビチマ問題にある。総人口二〇〇万の小さな社会が、奴隷制度という負の歴史と、それに起因する深刻な人種差別問題を抱えながら発展できる道理はないわけだ。

だから暫定自治政府も建前としては、ビチマ問題を解決したいと考えている。それが実現できれば、暫定の二文字ともおさらばできる。しかし、問題を解決しようとする試み自体が面倒な社会対立を招きかねない。

さっきも言ったように、惑星シドンの環境変化は複雑で、社会の混乱から都市インフラが維持できないようなことがあれば、多数の死傷者を生じるだろう。ここには大都市は二つしかないのだからな」

「弁務官裁定を覆すことが難しいのは、以上の理由とともに、たとえ小規模な植民星系でもそうした前例を可能な限り作りたくないというのもあるんだろ？　君は口にしないが」

「もちろんだ。そんなことは調停官殿にはあえて言うまでもないだろう」

クワズは皮肉めいた口調で言う。しかし、ウマンにはここまでの説明でも納得できないことがあった。

「ドルドラ星系の状況はわかったが、さっきも言ったように私は政府から惑星シドンの殺人事件の真相究明により、当地の問題を解決せよとの命令を受けている。事件の詳細はクワズ弁務官の説明を受けろとな。

入植者とビチマの対立については概要は分かったと思う。しかし、殺人事件の解明なら自治政府の警察なり弁務官事務所の職掌だろう。調停官には調査権はあるが、警察権まではない。唯一の例外は緊急避難的な弁務官やそのスタッフの逮捕権だが、それが該当するとも思えん。

私を指名したのは君だと聞いたが、本当のところ調停官を呼んだ理由はなんだ？」

「殺人事件の解明に間違いはないが、君が想像している内容とは違っているだろう。その辺は先入観なしで判断して欲しいので、ここではなく、現地で説明したい。ともかくシドン社会を揺るがしかねない問題なんだ。

ここだけの話、私はドルドラ星系の状況を悲観している。ビチマと入植者たちは永遠に和解することなく、争い続けるのではないかとね。今回の事例は両者の対立を決定づけるかもしれない。

最終的な破局を回避するためには、ドルドラ星系社会の構造に大鉈《おおなた》を振るう。それくらいの荒療治が必要となるシナリオも私は弁務官として考えている。

だが、残念ながら弁務官は自前の暴力装置を持たない。せいぜい可能なのは弁務官事務所を要塞化して籠城し、宇宙軍の救出を待つことくらいだ。

しかし、調停官は違う。ウマンの場合は、偵察巡洋艦クレベだったたな。君たちには必要とあらば武力で調停を促すための暴力装置がある。荒療治が必要となった時、私にも弁務官として調停官の支援を行う用意がある」

自分が何を言っているのか分かっているのか？　ウマンはそう口にしそうになったが、それは抑えた。偵察巡洋艦クレベの火力支援を弁務官が要求することは、いくつかの条件さえ満たされるなら合法だ。

ただし、それは弁務官及び弁務官事務所の統治の失敗を意味する。その段階で弁務官としての将来は閉ざされたに等しい。にもかかわらず調停官の彼にこうした話をするのは、クワズの危機感の現れなのだろう。

「つまり私にどうしろというのだ？」

「調停官の支援を地球圏政府に要請したのは、社会対立の沈静化のためだ。それなのに殺人事件の事実関係の公表で騒乱状態を起こすような真似は本末転倒だろう。真実が時に人を不幸にすることもあるじゃないか」

そう言うクワズに、ウマンは調停官としての立場を明確にする。

「真実を公表できない状況こそ、不幸じゃないか」


地球圏は途中に二世紀あまりの停滞の時代を抱えながらも、およそ四世紀弱の植民星系建設の歴史を数えていた。ワープ宇宙船の実用化に伴い、他星系への植民事業に着手した人類は、将来的に植民星系と地球圏の対立、あるいは植民星系相互の対立の可能性を予想し、その予防策を講じてきた。異星人との接触すらない中で、強力な宇宙軍が存在するのもこのためだ。

しかし、ワープ航法の実用化から四世紀近い歳月の中で、人類は異星人文明はおろか人類以外の知性体との接触さえ報告されていなかった。宇宙に版図を広げ、新天地に植民したはずなのに、人類は同じホモサピエンスの内部で民族問題を抱えていた。それも予想外の形で。

地球圏では入植者たちの帰属文化の違いから、人種問題や民族問題が起こることが懸念されていた。こうした事態を植民星系で招かないように、地球圏政府は入植地における文化的な同化政策を進めていた。

これは政策としては確かに成功したように見えた。ところが植民星系内部で人口が増え、社会が複雑化すると、同質的だったはずの入植者たちに、貧富の差から居住地域の固定化が起き始めた。

居住地域の固定化は、文化の違いをうみ、独自のスラングを発達させた。気がつけば、植民星系内に文化も言葉も違う領域が生まれ始めていた。しかも黎明期の植民星系政府は人口増と居住エリアの拡大を最優先にしていたため、最初は都市のブロック間の相違レベルのものが、やがて中核都市ごとの文化・言語の違いとなった。

さらにそうした中核都市が複数の衛星都市を持つようになると、文化・言語の相違は惑星の領域レベルに拡大した。すでに世代を重ねている社会では、そうした違いは民族の違いと認知されるようになっていた。

星系政府や地球圏政府は、遅まきながらそうした民族問題を同化政策で解決しようとしていたが、ほとんど成果を挙げていない。

理由は、地球圏の視点では、同化政策の標準となるのは地球圏文化であるが、民族問題を抱える植民星系では、地球圏文化こそが少数派であるため、同化を進めようという政治勢力も弱小だったのだ。

ならば統治の都合を優先し、惑星固有の文化で同化政策を進めるという施策も芳しい成果を挙げていない。この場合「星系社会に複数存在するどの文化を標準的な文化とすべきか?」という問題を避けることはできず、同化政策の推進は民族間の対立という政治問題へとすぐ移行した。

言葉や文化が異なるとはいえ、その違いにあえて民族という括りを用いるべきかという点では疑問視する意見も少なくない。じっさい植民星系政府のなかには、政治的な思惑により民族という言葉を用いることで意図的に社会を分断化しているところさえあった。

こうした状況であるため、地球圏政府も植民星系内の民族問題については頭を痛めており、同化政策そのものの見直しも議論されていた。別の表現をすれば、この問題に地球圏政府も明確な方針を示せる状況ではなかった。

だから問題が起きた星系では、調停官が事態を鎮静化させることが求められていたのである。ともかく事態を悪化させずに時間を稼ぐ、それが現状だった。

そしてドルドラ星系の民族問題は、同じ人間であるビチマが入植者により異星人どころか動物扱いされた歴史を持つ中で、再び人間として扱うことになったという前例のない背景があった。

偵察巡洋艦クレベには、惑星に対して限定的な軍事力を行使できる能力があった。主なものは無人戦車シャールが四両と、ミラージュ攻撃機四機だ。

だがこれらの装備は調停官からの警告程度の意味しかない。平均すれば数千万の人口を抱える植民惑星に対して、一〇にも満たない数の戦車や攻撃機で何ができるものでもないだろう。

調停官の持つ最大火力は軌道上の偵察巡洋艦で、あくまでも投入エネルギー量だけでいうならば、大陸一つを焼け野原にすることができる。

もちろん未だかつて調停官が惑星を焼き払ったこともなければ、地上にシャールを展開したことさえ非常に稀だ。そもそも調停官レベルで問題が解決しなければ、宇宙軍が介入することは万人が知っている。

それでも調停官がそれほどの火力を持っているのは、紛争当事者を交渉のテーブルに就かせるために他ならない。都市を焼き払った調停官は一人もいない反面、力を誇示するために無人島を木っ端微塵にした調停官は、この一世紀に数人いたと言われている。

ウマンはミラージュ攻撃機で惑星シドンのネオ・アマコに向かっていた。ドルドラ星系弁務官事務所はこの浮体工法の海上都市にあるためだ。ミラージュは攻撃機と名乗っているが、ほとんどの場合、地上と軌道とを結ぶ往還機として使われている。機体内部に客室ユニットを収容すれば往還機、ユニットを交換して爆弾倉とすれば攻撃機になる。

客室ユニットは二〇人ほどの人間が余裕を持って席につける容積があったが、もちろん乗っているのはウマンだけだ。この他に出口の脇にはバスケットが置かれていた。その中には直径五〇センチほどの球体が一つ入っている。

これは軌道上のクレベと接続されているAI内蔵のドローンだ。空中を漂いながら常にウマンと行動を共にし、調停官に対する情報支援のほか、周辺領域の偵察も行い、必要なら内蔵の銃火器でウマンの警護も行う機能があった。

ミラージュで静止軌道から地上に降下するまでに、ウマンは惑星シドンを何周かしていた。惑星気象の予備知識は与えられていたが、実際に軌道上からリアルな姿を目にすると、その特殊さが際立った。

多くの植民星系は太陽と同様のG型恒星の星系だった。このためハビタブルゾーンも比較的似ており、公転周期もそこまで大きな違いはなかった。自転周期にしても概ね一八時間から三六時間の範囲に収まっていた。

これに対して暗いM型恒星のドルドラ星系で、惑星シドンは生命の誕生も進化も可能である反面、恒星に近いために公転周期は早く、潮汐力の関係で自転周期と公転周期が五対一の共鳴関係にあるため、惑星の一日は三六〇時間と長い。

自転が遅いので昼と夜の時間が長く、大気組成に水蒸気が比較的多いこと、さらに火山活動が活発なことなど気象を左右する複数の要素があり、基本的に寒冷な環境ながらも温暖な領域が形成されるなど、その気象変化は単純ではない。

このため惑星シドンでは地面に種を撒くような地球的な農業は不可能だった。必要な食料は、二つの大都市での水耕栽培や都市排熱を熱源とする温室栽培、さらに漁業で賄《まかな》われていた。

ただ人口が少ないことと、不安定で過酷な自然環境、さらには経済的な余力のないことから、惑星環境の総合的な調査はほとんど行われていなかった。地形にしても、河川の氾《はん》濫《らん》と凍結の繰り返しで大河の流れさえ安定せず、しかも氷河に埋もれた地域も多いため、他星系では当たり前の惑星地図さえ完成していなかった。

地図らしい地図があるのは、大陸部の赤道周辺だけといっても過言ではない。遭難してここで生存するしかなかったビチマはともかく、初期の入植者たちは何を期待してここに植民地を建設しようとしたのか、ウマンには分からなかった。

「ネオ・アマコの管制エリアに入りました。本機は、空港のコントロールに入ります」

ジャンヌが報告する。ウマンは了解したと伝えるが、惑星側の航空管制のコントロール下に入るのは大なり小なり緊張を伴う。現地の弁務官を含め、調停官の到来を喜ばないものはいる。調停官個人を憎まれ役にすることで、地球圏政府への反感を和《やわ》らげるのが自分らの仕事かと思うことさえある。

調停をまとめても感謝されることはほぼなく、調停した両陣営の恨みを買う方がずっと多い。むろん調停によるメリットを双方が了解したからこそ、問題は解決したわけだが、不満は残り、その捌《は》け口が調停官となるわけだ。

だからウマン自身もある惑星で、往還機の制御を現地の航空管制に委ねた時、意図して墜落させられかけたことがあった。もちろんそんな真似をされても、ジャンヌが墜落を回避し、クレベまで自力で帰還することができた。

その後は刑事事件として現地の弁務官が後始末をしたが、その星系では大きな社会問題となっていた。

しかし今回、ミラージュは何の不都合もなく、安定した飛行でネオ・アマコに接近した。ネオ・アマコは直径一〇キロほどの環礁の中にあった。これは太古の火山島が死火山となり、風化する中で火口だけが残ったものだという。

火口の中心に浮体工法で作られた差し渡し七キロほどのL字型の都市がある。それがネオ・アマコだった。火口を形成する丘陵地帯には稜線を活用した直線上の構造物が見えた。それは惑星シドンで採掘された鉱石などを軌道上に打ち上げるマスドライバーだった。

ドルドラ星系は決して鎖国を行なっているわけではないが、経済規模が小さいこともあり、宇宙関連インフラは未整備だった。シドンでの輸出品はマスドライバーで打ち上げ、地球圏などからの物資は宇宙船からカプセルで海上に落下させる。それがこの星系での基本的な貿易のやり方だ。

ミラージュが発着デッキに着陸すると、マスドライバーが再び動き出したのか、遠くの雲の中に同心円状の穴が空いた。

ウマンが球体ドローンとともにミラージュを降りると、クワズ弁務官と三〇代くらいの小柄な女性がいた。弁務官は青を基調とした制服だったが、女性の方は白系統のスーツ姿だった。弁務官事務所のスタッフなのはわかるが、部局はわからない。

ウマンはそれが不思議だった。通常は個人のエージェントが名前や役職などを明かすことで、相手についての基礎データがわかる。だが目の前の女性は弁務官事務所の一員にもかかわらず、調停官に氏名さえ明かしていない。

もちろん相手が調停官であっても、個人情報を一切明かさないことが法に触れるわけではない。ただ社会人のマナーとして、その程度は公開するのが普通であるというだけだ。

弁務官事務所を代表してクワズがウマンを迎える。

「テクン・ウマン調停官、ドルドラ星系の弁務官事務所を代表してあなたを歓迎します。それでまず調停官も気になるだろうから紹介しよう、彼女がビチマで最初の文化人類学者、エピータ・フェロン博士だ。詳しいことはおいおい説明するが、彼女は支持者も多いが敵も多い。不測の事態を招かないために、個人情報はほとんど明かしていない」

「エピータ・フェロンです、エピータとお呼びください、調停官」

彼女はそう言うと右手を差し出した。ウマンはそうして握手を交わす。

「お名前は弁務官より伺っております、エピータ博士。しかし、なぜあなたがここに？私が調停をすべくドルドラ星系に派遣されたのは、複雑な殺人事件のためと聞いているのですが」

ウマン個人としては、ビチマ初の文化人類学者から直接話を聞いてみたいと思っていたが、ここで会うことになるとは予想もしていなかった。何よりクワズ弁務官は調停官を招《しょう》聘《へい》しなければならないような問題に対して、無関係な人間を呼ぶようなことはない。

「殺人事件……弁務官は何も調停官に説明していないのですか？」

エピータは詰問調で弁務官に問いただす。ウマンはそうした彼女の態度に関心を持った。

多くの植民星系では弁務官とは絶対的な権力者と見られている。無論それはあくまでも弁務官という職業に関するバイアスのかかった見方だが、弁務官自身がそうしたバイアスを利用している側面もあった。相手が勝手に恐れてくれるなら、強権に訴える必要もなくなるからだ。

そうした中でエピータは弁務官を前にしても臆する様子もない。

「事件を理解する上で必要となる背景と事実関係だけは説明した。私としては調停官には先入観なしの視点で問題を見て欲しいのと、問題の複雑さを考えれば、すべてを一度に説明することは無理だ」

「そうだとしても、どのような内容を調停官に伝えたのですか？」

「とりあえず公式なデータベースの記述は忘れろとは言った」

エピータはそうした返答があるとは思わなかったのか、手を叩いて笑う。

「それは素晴らしい判断です」

そんな彼女をクワズは窘《たしな》める。

「笑っていられるのはいまのうちだぞ、フェロン博士。調停官にビチマについて説明するのは君なのだからな」

「私が、調停官に？」

　それはエピータにも意外な判断であったらしい。

「問題の現場には自治政府代表や弁務官事務所のスタッフも伴い、調停官に見てもらう。その前に必要な知識は知ってもらわねばならん。いいかね、この惑星で経験を積んだビチマ社会の専門家は君しかいないんだよ、フェロン博士」

「もちろんビチマについて説明することは可能です。しかし、はっきり言って私は当事者の一人です。そうした人間が調停官にレクチャーを行なってよいのですか？　公正さを担保できるのでしょうか？」

　ウマンは、二人の会話に思った以上に複雑な構造があることを悟った。殺人事件なのにビチマの文化人類学者が当事者の一人というのは、どんな状況なのか？

「フェロン博士、調停官を甘く見てもらっては困る。訓練を受けた行政官の中でも選《え》りすぐりの人材なんだ。君からだけではなく、関係者から聞き取りを行い、可能な限り公正な立場で判断を行う。それが可能だからこそ、彼には強い権限が与えられているのだよ」

　クワズ弁務官の話は、事実関係としては正しいが、目の前でやられると何とも居心地が悪い。それを察したのか、クワズは海上都市の入り口を指差す。

「まぁ、とりあえず調停官の執務室は用意した。そちらに案内しよう」

2　シドン自治政府

惑星シドンに到着した後、早急に係争地と言われる現場に向かう。そんなウマン調停官の計画は到着の翌日から修正を余儀なくされた。

ちなみにここでの翌日とは地球標準時によるものだ。自転周期が三六〇時間の惑星では、それを一日にするのは人間には耐え難い。ほぼ人工環境の海上都市が建設されているのもこのためだ。海上都市ネオ・アマコの内部は独自の照明で、地球の時間に合わせて昼夜が設定されている。

ウマンが目覚めると、ジャンヌが予定を告げる。

「調停官、クワズ弁務官より、朝食に同席したいとの要請が届きましたが、いかがいたしますか？」

「受けると伝えてくれ、話したいこともあるだろう」

「そのように手配します」

　本日の予定は、問題の殺人事件のあった現場について説明を受けることになっていた。そのための事前ミーティングだろう。先入観を持たないでほしいとはいえ、基本的な事実関係もわからないでは話にならない。

　朝食に同席したいとの要請ではあったが、そもそも調停官の食事は弁務官事務所の食堂で用意されていた。だから実際のところは、クワズ弁務官が朝食の時間をウマンに合わせただけだった。

　ウマンの経験では、弁務官事務所は、植民惑星社会に対して特別な権限を有していた。その権力は基本法の枠組みから逸脱するものではないが、自治政府に対して必要ならば強権を行使することも認められていた。このため植民星系における弁務官は多くの場合、皇帝のごとき絶対権力者とイメージされていた。

　しかし、実際の弁務官事務所の食堂というのが豪華絢爛な施設であることは稀だった。考えてみればわかることだが、そもそも弁務官事務所が置かれている植民星系というのは人口も少なく、経済力も低い。このため地球圏統合弁務官事務所の内規でも、現地事務所の規模やスタッフ数の上限が定められ、皇帝のような贅沢など望むべくもなかった。

ミラージュから見たネオ・アマコはL字型をしていたが、それは三つの構造物をジョイントで結合して一つの構造物にしているためだった。中央棟と呼ばれている区画が最初に建設され、それぞれ二〇年ほどの間隔をあけて北棟、東棟の順番に居住区画が拡張されてきた。

弁務官事務所もその都度移動し、いまは一番新しい東棟の最上階に置かれている。このため中央棟と最新の東棟の間には、建設時期で半世紀近い時代差があった。

ウマンがジャンヌに促されて移動した食堂は、海に突き出したエリアで、壁はもとより、床も天井も透明な部材で作られ、眺望は見事だった。

惑星シドンは夜明けを迎えていたが、自転速度が遅いこともあり、空全体が朝焼けで赤い。対する海面はネオ・アマコの周辺こそ緑色だったが、都市から離れると水平線に向けて赤黒い海面が広がっている。

そんな海上には漁船のような白い船体がまばらに展開していた。シドンには鳥類が少なかった。地球の同じような海域なら海鳥がうるさいほど飛んでいるのを目にするが、ネオ・アマコでは、海上都市という人工環境に住み着いている鳩くらいの大きさの海鳥しか見ることができなかった。

海鳥というのは比喩的な表現で、羽毛で覆われたムササビのような形状だが、群の様子が海鳥を連想させたのだ。恒星ドルドラの輻射光が乏しいために、惑星表面の植物の色は褐色から黒系統が多かったが、海鳥も保護色のためか、羽毛は褐色だった。

時間となり、食事を載せた箱のような給仕ロボットとともに、クワズ弁務官が現れる。ロボットは二本のアームで二人分の料理を並べると、そのまま部屋の隅に移動した。

「自治政府への経済負担をかけないためだ。調停官を軽視しているわけではないのはわかってくれ」

申し訳なさそうに説明するクワズに、ウマンも了解していることを手で示す。さしたる産業もない総人口二〇〇万の星系である。ウマンとて贅沢は期待していない。弁務官や調停官が王侯のように扱われた時代ははるか昔だ。

とはいえ、前菜に始まり副菜、主菜、デザートと一通りのものが揃っている。

「それにしても、朝からかなり豪華な食事じゃないか。いつもこうなのか？」

「今日は特別だ。現場で食事は期待できない。エピータの発掘チームが現場から少し離れたところにキャンプを設営しているが、人家と呼べるのはその程度だ」

「殺人事件がその発掘現場で起きたのか？」

クワズは首を振る。

「逆だ、殺人事件が起きたから、発掘が始められようとしている。そもそも本件が殺人事件であるというコンセンサスもできていない」

「はぁ？　事件性があるかないかもわからない問題で私を呼んだのか？」

「事件性があることが証明されても、されなくても、政治性は着火すれば爆発しかねないほどある。

　調停官に先入観を与えないためと言ったが、事件そのものは単純だ。ただ事件の解釈をめぐって少なくとも三つの勢力が角逐《かくちく》している状況だ。先入観というのは、そうした三派に対するものだ。この問題をどのように解釈するか、その立ち位置が政治性を帯びるんだ。だからこそ調停官による客観的な真相究明が必要となる」

　クワズは仮想現実で現場の構図を共有するか少し迷っていたようだが、実行はしなかった。食事を終えたら現場に向かうためだろう。

「事実関係だけをいえばこうだ。

　アルコール中毒のビチマ二名が、伝承にある有力者の墓を暴こうとした。金目の遺品を手に入れられればと考えたようだ。

　ところが、二人はそこで宝ではなく、人骨を発見した。骨格やＤＮＡから推定四〇代の女性なのはわかっている。問題は、その人骨が頸椎《けいつい》と後頭部を刃物で斬られて死亡したらしいことだ。死体は縛られてうつ伏せの状態で埋もれていた。

当然、誰の死体かが問題となる」

「誰の死体なんだ？」

ウマンは、シドン市民の有力者の死が問題の政治性を高めていると考えた。しかし、話はそこまで単純ではなかった。

「シドンの土壌生物の特性で、死体は綺麗に白骨化され、いつ殺されたのかがわからなかった。採取されたミトコンドリアDNAからビチマの誰かだろうとはわかった。

まず惑星シドンで個人とDNAの紐付けが完了したのがこの一〇年ほどで、それ以前についてはDNAから個人は特定できない。だから殺人事件は三〇〇〇年前から一〇年前までのどこかで起きたことになる」

「それは話が飛躍していないか？」

「三派の主張の隔たりが大きいからだ。

まず、問題の場所は二〇年以上前に開発計画があり、ビチマの労働者が多数雇用され、計画が頓挫すると現地解散となった。この後始末が悪くて、まず解散前後のビチマ労働者の数が合わない。労務管理はかなり杜撰《ずさん》だったようだ。

ビチマ労働者の何人かは途中で現場から逃亡したことが後にわかった。さらに何人かは死体で発見された。ただこれについては詳細がわからない。逃亡中の事故死として処理されたが、現場監督らにリンチに遭ったという噂は絶えなかった。

その時の事件はリンチだったと証明はできなかった。しかし、今回の死体発見により、やはり虐殺が行われたことが証明できるはず。だから、入植者による過去の虐殺を証明するために、徹底した捜査をすべきという一派がいる。

彼らの主張では、頭蓋骨や頸椎の傷の形状は石器などではなく、明らかに金属器によるものである。入植者と接触した時点で、ビチマは金属器ではなく石器を用いていた。したがって殺害に用いられた凶器は入植者の道具というわけだ。ただ実際のところ凶器が石器か金属器かはわかっていない。

ところがそれに対して、入植者の一団が反論している。石器でもあのような傷はつけられるし、仮に金属器によるものとしても、コスタ・コンコルディアの船体の一部を刃物に加工すれば、こんな殺害方法は可能だとね。ただ物証はない。三〇〇〇年前の宇宙船の金属が残っていないから、彼らは石器を用いていたわけだしな。

第三派はこれら二者よりも少数だが、エピータらの一派だ。ここは伝説の大王イック・バンバラの墳墓の可能性がある。つまり遺跡だと。

伝承ではイック・バンバラは諸部族の騒乱を治めた女王だったが、弟に惨殺された。これ以降、諸部族の分裂は決定的になった。発見された死体は伝承の大王と矛盾しない」

「エピータの仮説は入植者らの主張に近いように思えるがな」

「いや、実はこの二派が一番隔たりが大きい。宇宙船の遭難により技術文明を失い、動物レベルまで退化したビチマという入植者の解釈に対して、ビチマには高い精神文化が存在したというエピータらの意見では、一致点はない。これはビチマとは何であったのか？という問題であると同時に、歴史認識の問題でもあるからな」

クワズの説明で、ウマンも予想以上に問題の根が深いことを理解した。クワズは続ける。

「非常に厄介なことに、虐殺事件派とエピータ派の間にも対立構造がある。ビチマは虐殺の被害者と主張する一派は、その前提としてビチマが退化した人間で、入植者より劣っていると考えている。つまり初期入植者は劣等人種を搾取したという立場だ。

つまりエピータ以外の二派は、ビチマは技術文明を失い退化した存在という認識では意見の一致を見ている」

「しかし、死体の年代測定は放射性炭素を用いれば高い精度で出せるだろ。少なくとも三〇〇〇年前から一〇年前のどこかなんてことにはならないはずだ」

「あぁ、他の惑星ならな。大きな問題が二点ある。まず主星であるドルドラは基本的に安定した恒星だが、突発的に内部の核融合反応が活発になる。閃光星というほどではないがね。入植者の記録で過去に二度観測されている。

これによる放射線の影響が同位体比に大きく影響するんだよ。恒星までの距離が非常に近いからな。過去に何回起きたかがわかっていれば別だが、そんなデータはない。もう一つは、惑星シドンが活発な火山活動を行なっているという事実だ。それがこの惑星の温室効果を維持してくれているわけだが、時に大規模な噴火が起きて、これもまた同位体比に影響する。言うまでもなく、過去の火山噴火のデータなどないわけだ。

参考資料程度なら、この死体は三〇〇から六〇〇〇年ほど前のものという数字は出ているが、現状での問題解決にはならん。どこまで信用できる数字か不明だからな」

「概要でそこまで面倒なのか？」

「私の説明にしても弁務官の立場によるものだ。事実関係には間違いはないはずだが、かなり単純化している。だから疑問点については調停官自身が調査してほしい。そのための協力は惜しまない」

ウマンは、クワズほどの弁務官があえて調停官の自分を招聘《しょうへい》した理由は理解できた気がしたが、それでもなお腑に落ちない部分はあった。問題の殺人事件が解決したとして、それで惑星シドンの社会対立が解決するのか？

「弁務官として、シドンの経済成長には何か策があるのか？」

「シドンは火山活動が活発な惑星であることもあって、自然環境は人間には特異で、生存には過酷だ。だがその特異な自然環境で進化した極限環境微生物は、産業面で重要資源になり得るポテンシャルがある。事実、ここで産出される鉱石の中には極限環境微生物が特殊なコロニーを形成している。その鉱石こそ重要な輸出品だ。多くの植民惑星において、都市部の汚染物質処理や土壌改良に用いられている。

それに自転周期が三六〇時間という地球型惑星は、人類植民星系ではドルドラ星系だけだ。過酷だが人間は生存できるこの環境は、観光資源としての可能性は大きい。

ただ、ビチマと入植者の対立構造を解決しなければ、そうした構想は画餅《がべい》に過ぎない」

小さな星系社会ではあるが、人間が家畜や奴隷として扱われた歴史がいまだに克服できていない。それが辺境星系であったとしても地球圏政府の植民星系統治の根幹に関わりかねない。ウマンはそれを再確認する。

「ここだけの話、弁務官としてどういう落とし所を考えているんだ？　いまそれが可能かどうかは別として、方向性として。荒療治も厭《いと》わないようなことを言っていたが」

「可能かどうかは別としてと言うなら、過去に戻ってレンド・フックスの奴を解任するな。彼自身が後に自分の失敗を認めているが、それはあくまでもプライベートでの話だ。公式には彼は自身の過ちを修正しなかった。そして彼が統治の都合で入植者だけに便宜を図ったことが、現在の複雑な問題に繋がっている。

まぁ、シドン社会のソフトランディングは容易じゃない。たとえばこれが他の地球型惑星なら話は簡単だ。入植者に適当な報奨金でも与えて、他の星系に移住させ、ドルドラ星系をビチマだけの星系にするという方法も選択肢としてはあり得る。星系の総人口二〇〇万人というのは、そうした転住策にとってはむしろ好都合だ」

「しかし、いまさら昔へは戻れないか……」

ウマンは外の海を見る。ビチマの総人口は五五万人と言われている。その九割が都市部で生活している。

一五〇〇年前までは石器時代レベルの生活をしていたと言われるビチマだが、同化政策により彼らもいまは文明社会の一員だ。多数派は入植者たちであり、彼らがいなくなれば都市の維持は困難になる。

惑星シドンの都市は、他の星系のような都市ではない。過酷な自然環境から人類を守るシェルターであり、その構造は宇宙船の生命維持装置にも等しい。いきなりビチマだけの惑星にはできないのだ。

「それでもビチマは宇宙船の遭難から三〇〇〇年の間、生き抜いた。しかし、すでに彼らはエレモを頼るわけにもいかず、試行錯誤の中で培《つちか》ってきた生存術も失われた」

「エレモ？　なんだそれは」

「あぁ、比較的最近その存在が明らかになった、惑星シドンにかつて生息していた巨大生物だ。地球の象くらいはあったらしい。エピータがいま主に研究しているのが、ビチマの祖先たちは、このエレモを狩って生きていたのではないかという仮説だ」

「太古の地球であったように、北米大陸にマンモスが移動して、それを追ってホモサピエンスも新大陸に移動し、ついにはマンモスを絶滅させた。そういう話か？」

「エピータはそう考えている。ビチマの伝承にもエレモを狩っていたと思われるものが幾つもあるそうだ。天の怒りに触れて、シドンの大地から一夜にしてエレモが消えたという伝承さえあるそうだ。

エレモの存在も問題を面倒にしてるんだ。エレモの骨が幾つか発掘されているが、それらには狩られた時のものと思われる傷がある。その傷が石器によるものか金属器によるものかははっきりしない。ただ金属器だったとしても現物は発見されていない。これが、ビチマが金属器の技術をほぼ失ったという根拠になっている。シドンの土壌は酸性傾向なのと、微生物による金属腐食が馬鹿にできない。金属器が使われていたとしても、時間が経てば残るのは石器だけだ。

ともかくエレモが絶滅したいまとなっては、ビチマは都市インフラを失えば生きてゆけない。生きてゆくためには、都市を維持しなければならんのだ。

そうであれば入植者を他星系に移動させることもビチマを移動させることも、どちらも選択肢としてはあり得ない。惑星に留まるなら共存しかない。

もしも調停官でも対立を解決する兆しが見えず、問題解決が不可能と判断されれば、ドルドラ星系を植民星系として解散する。それしかあるまい。入植者は移動、ビチマには未開のもっと条件の良い星系に移住してもらう。

君にだけは打ち明ける、調停官、私は地球圏統合弁務官事務所よりドルドラ星系解散の権限を与えられている」

「植民星系の解散とは……思い切った対応だな」

「地球圏政府にも痛手、故郷を失うビチマにも痛手、自らの政府を失う入植者にも痛手。得をする人間はどこにもいない。しかし、偏見と差別と闘争をこの先、一〇〇年、二〇〇年と続けるよりずっと望ましい選択肢だろう」

「偏見が一〇〇年も二〇〇年も続くというのは悲観的すぎないか？」

それはウマンの本音ではなかった。ただ彼は、星系社会の解散という極端な選択肢を考えている友人の弁務官を止めたかったのだ。

「曲がりなりにもビチマが人間であることは一〇〇年前にはわかっていた。それ以前の家畜や奴隷同然の扱いこそ建前では否定されているが、形を変えながら偏見は続いている。

何より重要なのは、近年の弁務官事務所はどうであれ、我々は初代弁務官の過ちが入植者の偏見を強化する結果になったという歴史的な責任を負っているんだ。一〇〇年続いている偏見が、次の一〇〇年でなくなるだろうか？　いや、たとえ一〇〇年後に偏見がなくなったとしても、その一〇〇年の間は不当な偏見に晒《さら》される人間が存在する。弁務官として、それは容認できないことだ。

むろんそんなのは理想主義だという人間はいるだろう。それは私もそう思う。しかし、理想もなく現実主義という口実で妥協を続ける弁務官など、醜悪な権力者でしかないだろう。そんな弁務官になるくらいなら、私は馬鹿な夢想家と呼ばれる方を選ぶ」

ウマンはクワズがそこまでの決心をしていたことに驚くと同時に、行政学院時代の彼の姿も重ねていた。実務能力の高い夢想家、それが学生時代のクワズの評価だった。あれから経験を積んだ弁務官となったクワズ。しかし、人間の本質は変わらない。

あるいはクワズは、調停官としての自分も同じだと考えているのか？　Aクラスの調停官となったいまも、ウマンは昔と変わらないのだと。

「レンド・フックス弁務官のようにはなりたくないというわけか」

「それは違う」

意外にもクワズはそれを否定する。

「フックス弁務官は、ドルドラ星系で取り返しのつかない失敗をした。それは弁解のしようはないし、彼自身が過ちを認めている。

ただ彼は入植者の生活を安定させること、さらに過酷な自然環境のドルドラ星系での植民の成功が、人類の生存圏拡大に寄与すると信じていた。

一五〇年の同化政策で、ビチマの固有文化の多くは失われた。それでも我々がビチマの言語や文化の片鱗を知ることができるのも、フックス弁務官が精力的にビチマ文化の記録を収集していたおかげだ」

ウマンはそこで単刀直入に尋ねた。

「調停官の倫理から言って、弁務官とは独立した判断を私は行わねばならない。だが友人として訊きたいのだが、クワズ、君は私に何を望んでいる?」

「調停官の判定について私からいうことはない。妙案があれば、とうの昔に実行している。君にプレッシャーをかけるつもりはないが、Aクラスの調停官で解決できないなら、私は弁務官として自信を持ってドルドラ星系社会の解散を決定できる。

だがこの問題は時間がかかっても解決できるという可能性を示してくれるなら、私は弁務官としてその方向で職務をまっとうする」

「私の調停次第で、星系の運命は変わるのか」

クワズはそれを強い口調で否定する。

「すべては弁務官たる小職の責任で行われる。調停官が責任を負う必要はない」

「君は行政学院の頃から少しも変わらんな」

「だから君を呼んだのさ、ウマン調停官」

ネオ・アマコの発着場には、クワズ弁務官とウマン調停官のための専用機が用意されていた。

「これで……飛ぶのか？」

しかし、ウマンにとっては、それは初めて目にする飛行機だった。ティルトローターというタイプの飛行機なのは知識としては知っていたが、目にするのは初めてだ。

それ以上に彼が驚いたのは、周囲に立ち込めるガスの匂いだった。

「弁務官、この飛行機はもしかして内燃機関で飛行するのか？」

排気ガスの匂いといい、甲高い金属音といい、そのティルトローターは内燃機関を利用していた。構造が簡単であることなどから使用されている植民星系もないわけではないが、ほとんどの場合は反陽子の対消滅を利用した核電池が用いられるのが通例だった。

「内燃機関だ。メタンガスが地中から手に入るからな。ここの技術水準だとこういう枯れた技術の飛行機の方が信頼性も高いし、稼働率も高い。だいたい飛行機が移動するのは首都のサイリスタとネオ・アマコの間だけだ。それならこの程度が無難なのさ」

「大気汚染の基準はどうなんだ?」

「シドンのように寒冷で人口が少ない惑星には大気汚染基準にも特例があるんだ。総人口二〇〇万人ということもあるが、温室効果にもっとも影響するのは水蒸気だ。そしてシドンは活発な火山活動が続いている。そこから排出される水蒸気量からすれば、ティルトローターからの二酸化炭素など微々たるものだ」

「だとしても言ってくれれば、私のミラージュで移動したのに」

クワズ弁務官は手を振ってそれを否定する。

「軌道上から地上を攻撃できる戦闘往還機で現場に向かうわけにはいかんだろ。モジュールの交換で攻撃機から旅客機に変えられますと言っても、市民からは反発を買うだけだ。そうでなくても軌道上の偵察巡洋艦クレベの存在は市民の間で話題になっている」

「ここに来てまだ二四時間にもならないのに?」

「ドルドラ星系にやってくる宇宙船は概《おおむ》ね一〇日に一隻だ。それだって静止軌道に蓄積されたコンテナを回収したら去ってゆくだけ。低軌道で何度も空を横切る宇宙船が目立たないわけがないだろう」

　そうしてクワズはウマンを飛行機に促す。旅客機としてなら三〇人以上は収容できる内部には、クワズやウマンを含め、一〇人ほどの人間しかいない。

　機内は二つに仕切られ、スタッフが待機する部屋と、その奥にクワズとウマンのための執務室がある。

　ウマンには情報収集と警護用の球形ドローンがともなっていたが、それはスタッフルームに置かれていた。

「ところでだ調停官、弁務官として頼みがあるのだが」

　執務室の席に着くと、クワズはそう切り出してきた。

「なんだ、頼みって？」

「調停官は戦車、いまはシャールと呼ぶんだっけ？　それを四両保有しているはずだが、C2を貸してくれないか？」

　調停官が偵察巡洋艦に搭載しているシャールは、軽戦車に相当するC1、もっとも汎用性の高いMBT（main battle tank）のC3、C4の他に、重戦車とも呼ぶべきC2があった。重戦車と言っても巡洋艦に搭載する制約から、MBT一両と軽戦車二両を連結させて一両の戦車としているだけだった。

　通常はC2を用いるような状況としては、単体ではなく二両の軽戦車を分離し、戦車三両で戦術AIが連携を維持しつつ、特定の施設などを警護するような場面だ。

「事件現場の保全にC2を貸せということか？」

「そうだ」

弁務官の要請であれば、調停官が管理する兵器類を貸与することは認められていた。ただよほど治安が悪化していない限り、そうした要請がなされることは稀だった。それは、弁務官の現地指導の失敗でもあるからだ。

「最初から言ってくれれば、ミラージュにC2を搭載して降下したぞ」

「いや、調停官はあくまでも中立的な立場で現場に赴いてもらわねばならん。初手《しょて》から攻撃機に戦車を搭載して現れたら、調停官の中立性と公正さが疑われる。そうでなくても君は他所者《よそもの》なんだ。

シャールの投入は弁務官事務所の名で行われる。そろそろ弁務官事務所も旗色を鮮明にする段階にきた」

「いきなり喧嘩腰で臨むのか？」

ウマンは弁務官の対応に意外の念を持った。彼の知っているクワズという人間は、武力を見せつけるタイプではなかったためだ。

「喧嘩なんかするものか。ただ喧嘩できる姿勢だけは示しておかないとな。君もコスタ・

コンコルディアの切断された壁を見ただろう。

エピータは当然として、他の二派も、あの殺人現場が伝説の大王の墳墓である可能性を否定すると同時に、内心では恐れている。だから放置すれば破壊される可能性がある。鉱山で外貨を稼いでいる惑星だ。爆発物の入手は容易だ」

クワズは当たり前のように怖いことを言う。

「暫定自治政府にも警察機構はあるだろ？　警察は駄目なのか？」

「警察局長マドラス・ミーゴは、惑星シドンの人類社会を入植者の社会と考えている。これ自体は弁務官としては非難できん。積年の同化政策の論理的帰結だ。自治政府の能吏であればあるほど、そうした認識になる。

ただそれが警察官僚である場合、同化政策に抗《あらが》うビチマは犯罪者予備群と認識されることになる」

「たとえばエピータとか？」

「そう、マドラスはエピータを危険人物と目している。もちろん事件現場が爆破されれば、彼も捜査はするし、犯人を逮捕するだろうが、動くのは現場が破壊された後であって前じゃない。

だから現場を戦車がうろついてくれれば抑止力になる。万が一にも弁務官事務所の戦車に爆発物を投げつけるような奴がいれば、弁務官権限で戒厳令が布告される。それは暫定自治政府がもっとも忌み嫌う展開だ」

なるほど、クワズは二手も三手も先を読んでいるようだ。

「しかし、ジャンヌに命じて軌道上のクレベからC2を降下するとしても、明日の朝になるぞ。シャールを展開するなど思ってもみなかったからな。整備やチェックも必要だ」

「それは大丈夫だ。現場とサイリスタとの間には、気象観測用のレーザーレーダータワーが展開している。貧乏で気象観測衛星を一つしか維持できないのと、未だに人間の居住地は限られたエリアだけなんでね。

レーザーレーダーが都市部近郊の大気状態を計測し、スパコンにデータを食わせて、一時間、二時間先の精度の高い気象予測を行う。だからこのティルトローターも無人操縦できる。安定した大気状態の場所だけを選んでいるからな。

で、このレーザーレーダー監視網は、大気の動きの不自然な変化から、部外者の接近を察知できる」

「おいおい、気象予測はできるとしても、人間の動きまでは計測できないだろう」

ウマンの驚く顔に満足したのか、クワズは先を続ける。

「もちろんだ。気象観測用のレーザーレーダーにそんな計測精度なんかあるものか。しかし、こういうデマでも流しておくと、二、三日は破壊活動に掣肘を加えられる。デマとわかった時には、戦車が展開しているという寸法だ」

「弁務官がヒールになれば、調停官が相対的に話のわかる人間に見える。そういうことか？」

こんな腹芸も、友人の成長なのだと考えるべきなのか。ウマンは何ともわからない。ただ、それが必要な現実があるのだ。そんな彼の考えが伝わったのか、クワズは言う。

「調停官の仕事を助けるのも弁務官の仕事だからな」


ティルトローター機は海上都市ネオ・アマコから赤道直下のサメ湾に入り、首都サイリスタの上空を通過した。サイリスタは地形に合わせたのか、葉脈のような幹線道路が走り、それらの先にショッピングモールを思わせる背の低い巨大な構造物が二〇ほど分散しており、他に老朽化が目立つ集合住宅が道路脇に幾つも見えた。

そして都心を抜けると、農場や何かのプラントらしいタンク群が見えた。それらのプラントからは数台の車両が都心に向かって移動していた。

しかし、ティルトローターはすぐにサイリスタを抜けた。都市を離れると、地上は褐色の荒野が続いていた。ただ、この惑星の植物は恒星ドルドラの輻射光を最大限に利用するため褐色をしていたので、この惑星シドンでは草原というべきだろう。

惑星シドンの平原には、野生化した地球の植物も生息しているという。入植者が栽培したものではなく、コスタ・コンコルディアの乗員たちが持ち込んだものだ。

おそらくは多くの種子を植えたのだろうが、惑星の調査がいまだ不十分であるため、確認されているのはジャガイモとトウモロコシだけで、こんにちではほぼ雑草と区別がつかない。

惑星シドンにも動物は生息しているという。ほとんどがウサギよりも小さな動物で、こんな惑星にエレモのような巨大生物が生存できたのが奇跡のように思えた。

上空から見える大地は、ほとんど人跡未踏だが、その中に髪の毛のような細い筋が走っていた。細くても直線は大地の中で注意を引いた。

それは内陸部に点在する集落とサイリスタをつなぐ幹線道路だ。道路は一車線で、ところどころに対向車とすれ違うための側道があった。惑星シドンのような辺境でも車両はネットワーク化されているため、一本道で車両同士が鉢合わせることは避けられるようだ。ただ鉢合わせを心配するほどの交通量があるとは思えなかったが。

ティルトローターはいつしかその一本道に沿って飛行していた。そして気がつかない間に高度はかなり下がっていた。周囲を映していたモニターに、荒野の中の幾つかの構造物が見えた。

目につくのは直径二〇メートルほどのドームで、そこを中心にT字型に三方向にカマボコ状のエアシェルターが連結していた。その周辺には小型の建設機械が置かれている。施設の敷地は直径二〇〇メートルほどのフェンスで囲まれた中にあり、エアシェルター群は作業の邪魔にならないように端に設けられていた。

殺人現場の検証と聞いていたが、文化人類学的な見地から何らかの遺構の可能性が指摘されたためか、現場は予想以上に大きく、思ったよりも多くの人間が何かの作業にあたっていた。屋外で二、三〇人が認められたから、屋内で作業にあたる者も含めれば一〇〇人以上の人間がいても不思議はないだろう。

「C2はあのフェンスの外で警戒にあたる予定だ」

クワズはモニターでフェンス部分を示した。施設の裏側には、鉄製パネルを展開しただけの着陸エリアが用意されていた。やっつけ仕事なのは、鉄板に申し訳程度に着陸場所を示す大きな円がペンキで描かれていることからわかる。

確かに首都からここまで陸路を移動するのは大変だが、ヘリコプターか何かを運用するのも予算面で難しいだろう。ティルトローターが誘導されている場所と施設を挟んで反対側にも、同じような着陸場所が用意されていた。

「あれか、あれは自治政府側の人間もやってくるので、彼らのヘリコプター用だ」

地球では惑星規模の仮想空間ができているので、物理的に移動する機会は減っていたが、乗り物は存在している。特に大都市圏の空中送電ネットワークを上手に活用すれば、自宅ごと世界中の大都市の間を移動できた。すでに都市というのは移動民の一時的な宿木《やどりぎ》のような存在であった。

しかし、そこまでのインフラが整備されているのは地球圏くらいのもので、植民星系ではバスなり旅客機なりでの移動が不可欠だ。そして植民星系が地球圏から離れれば離れるほど、その技術水準は枯れたものとなる。

自治政府関係者の乗るヘリコプターもおそらくティルトローターと同様、内燃機関を用いたものなのは間違いあるまい。

ティルトローターが着陸し、ウマンらが降り立つと、ヘリコプターが接近するのが見えた。そしてウマンとクワズは、中央のドームで、自治政府側の人間と対面した。

その場にはすでにエピータ・フェロンがスタッフとともに待っていた。二名がビチマ、二名が入植者であることをウマンのエージェントは告げる。四名とも年齢は地球式に数えれば二〇代と思われた。

ビチマの二名はともかく、入植者の若者でエピータに協力する人間がいたというのはウマンにはいささか意外だった。

四人は、ウマンをはじめとする来訪者にヘルメットなどの安全器材を手渡した。

「暫定自治政府代表の名代《みょうだい》としてやってきました、シドン暫定議会議長のレン・バルバットです」

スーツ姿の背の高い四〇代くらいの女性が、そう言いながらウマンに手を差し出す。ウマンはそれを受けて握手し、自己紹介をした。

「地球圏統合弁務官事務所より派遣されました、調停官のテクン・ウマンです」

自治政府とは行政府であり、議会は立法府であるが、自治政府代表の名代を議長が行うことにバルバットは違和感を覚えていないらしい。むろん彼女とて三権分立くらいは知っているだろうが。

ただ人口二〇〇万の星系社会、しかも完全な自治を認められていない中では、政府と議会の距離はずっと近い。何よりも警察権を含む司法に関して弁務官の権限が強い状況では、ナショナリズムが政府と議会の距離をより接近させる。これはドルドラ星系だけの現象ではなく、弁務官が派遣されるような段階の星系では普通に見られた。

二人の挨拶に遅れて、体格はいいが心痛があるような表情の中年男性が挨拶した。

「暫定議会ビチマ会派代表のジョン・ユンカースです」

「テクン・ウマンです」

ウマンはユンカースとも握手を交わしながら思い出していた。どういう基準かは記録が残されていないが、最初に入植した人間たちは、ビチマを（おそらくは遭遇した地域ごとに）四つに分類し、それぞれにユンカース、川西、アブロ、ダグラスと、大昔に存在した地球の航空機メーカーの名前をビチマの姓としたという。

このため五五万人いると言われるビチマの四四万人、つまり八割が、上記四つのいずれかの姓であるという。性急な同化政策の結果であった。

「問題の白骨死体が発見された現場は、現在、弁務官の命令により半径一〇メートルの範囲で封鎖中です。監視カメラが設置され、我々も無許可による接近は禁じられています」

自身も安全装備を身につけたエピータは、簡単な挨拶ののちに全員に安全器材が手渡されたことを確認すると、概況をそう説明した。

「現状は保存されたままと解釈してよいのか？」

ウマンはそこを確認する。すでに彼の警護役の球形ドローンは、発掘施設上空で周辺を警戒していた。

「陸路から接近してくる存在は確認されておりません。半径五キロ圏内で活動中の人員は、この施設関係者だけです」

ドローンの情報を分析したジャンヌが、ウマンにだけそう告げる。エピータの言うようにフェンスで囲まれた敷地内には、さらにフェンスに囲まれた二〇メートル四方のエリアがあり、高さ五メートルほどの支柱が囲むように等間隔に四本設置されている。監視カメラが設置されているのがこの支柱だろう。

「はい、人骨についてもレーザーレーダーで精密な計測がなされたのちに、現状保全のために埋め戻されました。その時の作業記録もすべて存在し、公開されています」

発見された死体についての一連の処置はクワズ弁務官の指示らしい。エピータからそうした要望があったのか、クワズ自身の判断かはわからないが、一つはっきりしているのは、証拠の保全について地元警察は信用されていないことだ。

エアドームから作業現場までは、遺構を傷つけないためにかプラスチック製の細い通路が敷設されていた。人間はこの上を移動するようだった。先頭に立つのがエピータ、その後ろにスタッフが二名、その後ろにクワズとウマン、さらにバルバット、ユンカースとつづき、殿《しんがり》は残り二名のスタッフだ。

最初に案内されたのは死体が発見された場所だった。ウマンらのために、現在の実情を示すだけではなく、三〇秒間隔で、遺体発見時と発掘前の状況が立体映像として重ねられた。

「幸いにも盗掘を行なった二名が、発掘物の信憑性を証明するために、作業手順を記録していてくれました」

映像によると、盗掘が行われる前の現場は拳大の石が縦四メートル、横四メートルほどの範囲で小山のように積み上げられていた。ただよほど注意して見なければ、その積み上げられている石が人工的とは思えなかっただろう。この程度の石の堆積なら河川の周囲でも見られなくはないからだ。ただ頂上部に赤い色の石が載せてあった。ジャンヌはウマンに対して、それが硫化マンガンの可能性が高いと告げた。活発な火山活動の影響だろう。さらによく見れば直線的な部分も残っている。それは、この石の小山が人工的に作られたものであることを意味していた。

盗掘を行なった犯人は、立体映像では一瞬しか姿は映らなかったが、作業服を着た男女だった。年齢は四〇歳前後と思われた。クワズの説明では盗掘を行なったビチマがこの二名ということになる。

盗掘は機械ではなく、スコップと小型のベルトコンベヤーだけで行われていた。ほとんど手作業で進められている。

映像は編集されているので作業は秒単位で進んでいるが、おそらく実際の作業は二日や三日は掛かっているだろう。女が何か棒のようなものを発見したが、ボロボロの木片で、取り出したらすぐに崩れ落ちた。そこで映像は一度止まった。

「これはナゴンの複製ではないかと我々は考えています」

エピータはウマンたちに説明した。

「あくまでも伝承を信じるならばという前提ですが、ビチマの指導者が集落なり一族の人々を導くのに用いたものがナゴンでした。棒状で、王や族長はそれで天と会話し、人々を導いたと。

ただ形状以外のことははっきりしておらず、貴重なものであったとだけ伝えられています。権力の交代が起こるときには、ナゴンの継承も伴った。それだけ貴重な存在であったので、副葬品とされていたとすれば、それは模造品の可能性が高いと我々は考えています。ナゴンが権力の継承を意味したので、副葬品にはなされなかったと思われるからです」

「仮にここが墳墓であり、埋葬されているのが伝説の大王、イツク・バンバラであれば、模造品ではないナゴンが埋葬されている可能性もあるのではないか？」

ウマンのその発言は、周囲の人々をエピータも含めて驚かせた。

「調停官はイツク・バンバラの伝説をご存じなんですか？」

「それが調停官というものです」

ウマンはエピータにそう返したが、実を言えばクワズ弁務官からのレクチャーであることは伏せた方が賢明との咄嗟《とっさ》の判断だ。後々のことを考えたなら、クワズがビチマに肩入れしているように思われるのは望ましくないだろう。

ただいささか薬が効きすぎたのか、バルバット議長は地球圏政府の調査能力に明らかに不安な表情を見せていた。

「調停官の指摘は可能性としては否定できません。ただイック・バンバラを暗殺し、大王より王権を奪った簒奪《さんだつ》王は、先王から奪ったナゴンを示して、権力の正当性を訴えたと伝承にはあります。

発掘は中断されておりますので、ここがイック・バンバラの墳墓かどうかは仮説の域を出ません。ただ仮説が正しければ、伝承の信頼性が証明されたことになり、埋葬されていたのはナゴンの模造品となります。

逆に伝承とはまったく無関係であれば、問題の死体として発見された人物は、そもそもナゴンを継承できるような存在ではなかったことになる。

いずれにせよ、ナゴンはここに埋もれていたとは言えないでしょう。つまり発掘された死体が、現在の殺人事件の被害者である可能性も否定はできません」

エピータは、ここが伝説の大王イック・バンバラの墳墓という仮説を立てながらも、それがあくまで仮説に過ぎず、発掘で明らかになる事実を優先するという態度をはっきりと示していた。ウマンはそうした彼女の公正さに感銘を受けた。

「暫定自治政府の代表として調停官に率直に伺いたいのですが、ドルドラ星系のような辺境での殺人事件の捜査をAクラスの調停官が担当するというのは、いささか大袈裟ではありませんか？

殺人事件に関して複数の仮説が立てられておりますが、共通しているのは、事件は何年も前に、下手をすれば一〇〇〇年以上昔に起きたのかもしれないということです。

言い換えれば、真相が明らかになったとしても、犯人が検挙される可能性は低い。そのような案件に調停官がかかわるというのは、正直、我々には納得し難いのですが」

バルバット議長はエピータのペースで説明が進むのが不安なのか、話に割り込んできた。もちろんこうした質問を受けることは地球を出立する時から予想はしていた。何しろ最初は自分自身がそう思っていたのだから。

「まず、ドルドラ星系であろうが他の植民星系であろうが、人類の版図で起きた問題には等しく対応するというのが地球圏政府の方針です。カプタインBでは殺人は罰せられるが、ドルドラ星系では容認されるようなことはありませんし、認められるものではない。人類の版図は基本法に基づく、法の下での平等が原則です。それはよろしいですか、議長？」

「あっ、はい」

バルバット議長も正面からこんな原則論を出されるとは思わなかったのだろう。おそらくクワズ弁務官とて、暫定自治政府との折衝でこんな杓子定規《しゃくしじょうぎ》な話は持ち出すまい。弁務官はそれでいい。現地の政府と良好な関係を築くのが弁務官の仕事だ。しかし、外部からやってきた調停官、それもAクラス調停官は、原則論を逸脱できないのだ。

「ご指摘の通り、私は調停官であって、捜査官ではありません。議長も理解していると思いますが、本事件はドルドラ星系社会の対立構造を先鋭化させかねません。

そうした事例を放置することは統合弁務官事務所の認めるところではないのです。星系社会の大きさではなく、抱える案件の重大さで調停官の派遣は判断されるのです。むろん案件が何らかの誤解である可能性も否定できない。

ですから、まず調停官としては、殺人事件の事実関係を明らかにし、その上で社会対立の構造を分析し、状況の改善を可能な限り、弁務官を通して行うつもりです」

「弁務官を通して……ですか？」

「バルバット議長、つまりだ、弁務官の私は武力を有していないが、調停官は軌道上に巡洋艦を展開しているということだ」

議長はクワズにそう言われて、思わず上空に視線を向ける。そこにあったのはウマンを警護する球形ドローンだった。彼女はそれで納得したようだ。

「調停官の判定に異論は挟めないのですね」

「そうじゃない、バルバット議長。文句があるなら、弁務官の私を通せということだ。調停官は基本的に内政不干渉だ」

「内政不干渉という方針を暫定議会議長として支持いたします」

バルバット議長は、クワズの発言に幾許《いくばく》かは安堵したようだった。しかし、ここでジョン・ユンカース議員が発言した。議長の表情からすると、彼が自分から発言するとは思ってもいなかったらしい。

「我々は歴代の弁務官事務所の政策により、すでに人類社会に復帰し、市民として生活している。調停官には釈迦に説法だろうが、地球圏政府は独自文化を尊重する立場であり、シドンにおいてもビチマの政治参加は進んでいる。

そうしたことを踏まえるならば、今回の事件についてもビチマの問題として我々に真相究明を委ねるべきでは？」

ユンカース議員の発言にもっとも表情を曇らせたのはエピータだった。ただ立場上、発言するのは自制したようだった。

ウマンはユンカースには釘を刺すべきと判断した。

「ユンカース議員の認識には一つ過ちがある。この惑星シドンで生活するものは、すべからく人類世界の一員であるということです。地球圏政府はそうした市民全員に対して責任を負う政体である。

したがってビチマであることを根拠に、調停官の調査を阻止することはできない。つまりシドン暫定政府の市民であるならば、私の調査の対象となる。それはよろしいか？」

「まぁ、そういうことなら」

ユンカースはそれ以上の発言はせず、議長もほっとしたらしい。どうもこの二人の間には、コンセンサスはないように見えた。

「調停官として付記するなら、事実関係として明らかなのは、発見された死体がビチマのものであるという点だけだ。彼女が何者により殺害されたのかはわかっていない。つまり広範囲な調査権を有する調停官が真相究明にあたるのが望ましい。むろん必要ならば、ビチマの参政権の実態についての調査も行うつもりだ」

正直、ウマンも与えられた資料からだけでは、ビチマの参政権の実態にはっきりとしたイメージは抱いてはいなかった。

資料にあった表層的なデータでは見えてこないことは珍しくないが、ビチマの政治参加についてはそうした資料の中でもかなり具体性が乏しかった。彼はそのことから、ビチマの政治参加とは名目だけで実態はかなり疑わしいものと解釈していた。そうした事例は他星系でもあった。

　じっさいウマンにそう切り返されると、ユンカースの態度は急に大人しくなった。

「具体的に調停官は何をどう調査するのでしょうか？　聞くところによれば、調停官は単身派遣されたと聞きましたが？」

　再びバルバット議長が確認する。ウマン単独では調査など不可能だし、弁務官事務所の協力を得ても人手不足は明らかだ。だから暫定自治政府からスタッフを提供することで、調査に介入する余地を残したいというのだろう。

　別に彼女がそう言っているわけではない。ただウマンの経験から言って、そうした思惑で協力を申し出てくる暫定自治政府は少なくない。それだけのことだ。

「確かに私は一人ですが、偵察巡洋艦クレベがあります。必要な機材は保有しています。とりあえず必要な探査のために合成開口レーダー衛星を投入します。それにより惑星シドンの基礎データは入手できるでしょう」

3　コミュニティセンター

褐色の草原を突っ切る一本道を、シャールC1型が前進していた。その後方を弁務官事務所のエンブレムをつけた白色のトラックが進んでいる。さらに殿《しんがり》を事務所スタッフ二名を乗せた白いSUVが続いている。

ウマンは車両には乗っていなかったが、ネオ・アマコの執務室でシャールとSUVのカメラで再構成された仮想現実を見ていた。

「これがクワズの狙いだったのか？」

ウマンはシャールの姿を見て思う。無人の軽戦車は幅二メートル、全長五メートルほどの八輪装甲車両だった。必要なら履帯走行も可能だが、車輪ごとにトルクを変えられる独立懸架《けんか》のホイールインモーター車両が履帯を必要とすることは稀だった。

シャールには射撃時の死角を少なくするために、車体の対角線上に二基の銃塔が装備されている。戦闘状態にはないことを示すために銃塔の機銃は二基とも真上に向けられていたが、それは解釈によっては武装を誇示しているようにも見えた。

車列を警護している軽戦車は、クワズが要求した複数の戦車が連結されたC2ではなく、単独行動ができるC1であった。殺人現場の白骨死体は首都サイリスタを横断し、港で船に積み替えられ、ネオ・アマコに向かう。

つまり弁務官事務所の戦車の姿を市民は目にするわけである。じっさいは調停官の戦車であるが、弁務官事務所の車両と行動を共にしている時点で、そうした問題は顧みられることはないだろう。

ウマンが気になったのは、クワズがことを急《せ》いているように見えることだ。どういう形であれ、事件を短期間に終わらせる。そのためには武力を誇示して、入植者やビチマの衝突を抑止しようというのだろう。

「ジャンヌ、周辺に不穏な動きはあるか？」

車列がサイリスタ市内の幹線道路に入ると、ウマンは首都上空に待機している球形ドローンを管理するジャンヌに問いかける。

「シャールを見学する市民が沿道に集まっていますが、不穏な動きを見せている人間は現時点では認められません」

人類は治安維持のため監視カメラとAIの連携を始めて数世紀の歴史があった。だから人間の行動パターンからかなり高い確率で犯罪予測を行うことができた。そのためジャンヌの分析は信頼できた。

むろん犯罪とその予測はイタチごっこの関係で、サイリスタ程度の保安インフラの大都市ではAIの裏をかくことは十分可能だ。とはいえそれにもかなりの準備が必要で、車列が襲撃されることはなさそうだ。

「暫定自治政府の報道によると、クワズ弁務官に対する抗議集会が開かれているようです」

「抗議集会か、やはりな」

ウマンは調停官として、エピータが管理する発掘現場から問題の死体を移動する許可を出した。事故の可能性を避けるためと、首都との距離も一二〇キロ程度であるため、陸路で移送することとなった。

ただ、ここで早くも一悶着が起きた。死体を誰が現場から回収するのか、どこに移送するかという問題だった。

通常ならシドン暫定自治政府の警察局長であるマドラス・ミーゴの指揮と責任で行われるのが常道だった。じっさいマドラス警察局長はそう主張した。

ところがウマンにとって意外なことに、死体の回収は学術調査の妨げにならないようエピータ博士のチームが行い、それを首都サイリスタの警察局ではなく、ネオ・アマコの弁務官事務所に移送すべきとクワズ弁務官が主張した。

ただこれは弁務官からの命令ではなく、調停官に対する提案という形でなされた。どちらの調査が合理的かは調停官の判断に委ねるということだ。

弁務官事務所が調停官に判断を委ねたため、暫定自治政府もそれに倣《なら》った。そしてウマンはネオ・アマコで調査を行うよう、暫定自治政府に要求した。ここは調停官によって対応は異なるが、ウマンはできるだけ「命令」という形ではなく「要請」で自治政府の行動を促していた。

もちろん自治政府にとってみれば「命令」も「要請」も従わされる点では変わらないが、それでもウマンは反論する余地のある要請の形をとりたかった。相手の反発を和《やわ》らげたいのもあるが、調停官が命令を乱発するような独裁的な態度は避けるべきというのがウマンのポリシーだった。

ウマンが死体の検死を、ネオ・アマコの弁務官事務所が行うべきと判断したのは、単純にラボの能力の差だ。暫定自治政府の警察部門は治安維持が主たる任務であり、科学捜査や鑑識の能力は施設面や人材面で十分とは言い難い。

対して、弁務官事務所には惑星の調査も業務として含まれていたため、警察の鑑識とは異なるものの、かなり高度な科学分析が可能な設備とチームがあった。暫定自治政府もウマンの判断に対しては、自治権を根拠に反論の文書を送ったものの、それ以上の抗議はなされなかった。

これには警察局での検死を行なった場合には、その分析能力を判断するために、警察局そのものの調査が必要になるとウマンが仄《ほの》めかしたことが大きかったようだ。

こうしてサイリスタを縦断した車列は、船でネオ・アマコまで移動した。

「これが発見された死体を再現したものです」

核磁気共鳴分析機のオペレーターである柳下恵《やなしためぐみ》は、ウマンとクワズの視界の中に、その骨格モデルを表示した。彼女は弁務官事務所のスタッフで、調査分析を担当するチームのリーダーだった。

直道《じきどう》星系という比較的歴史のある星系の出身者で、親戚の中に何代か前の惑星シドン弁務官事務所スタッフがいたという。そのため彼女だけは、志願してドルドラ星系に赴任してきた。

この場でこそ弁務官事務所の青い制服を着用しているが、通常はラボの作業服で過ごしているという。分析対象に微塵も影響を与えないためとして、ショートヘアにしているだけでなく、化粧さえしない主義だった。

弁務官事務所の調査分析チームといっても彼女を含めて三人しかいない。結果として、彼女がさまざまな分析器を扱うことになるという。

ラボに運び込まれた死体は、まずそれを収容した専用コンテナごと、非破壊検査が行われた。核磁気共鳴により死体の立体的なデータがわかるだけでなく、腐食した副葬品の残《ざん》渣《さ》なども、その分布を知ることができた。

ただし一度盗掘されている関係で、位置関係の信頼性はどこまで期待できるかわからなかった。

「身長は一六五センチ、惑星シドンの表面重力は地球とほぼ同じなので、重力の影響は特に考慮していません。ただ骨格から推測して骨格筋の発達は良好です。

この死体は生存中に骨折した経験があるようですが、適切な対応をされ、比較的短時間で完治していることが見て取れます。以上から栄養状態が良好であったことを裏付けます。

骨盤の形状はこの死体が女性であることを示しています。骨格の断面などから推測すると、地球の年齢換算で四〇代であることを示しています」

柳下は、クワズ弁務官とウマン調停官に分析結果を立体映像の形で表示した。

「最初の警察局のDNA分析は正しかったわけか」

クワズは自治政府警察局の初期対応のことを考えていたが、一方でウマンはその死体が意外だった。

「惑星シドンの生活環境は過酷だと何度も聞いていたが、この死体に関していえば、栄養状態は良好だった。どうしてだ？」

「エレモのおかげじゃないか？　あれは貴重なタンパク源になっただろ」

クワズはそう言うが、ウマンは納得できなかった。

「それが成立するのは、この死体の生存時期にエレモが存在してた場合だ。さもなくば入植者がやってきて以降のいずれかじゃないと計算が合わないだろう」

クワズはすぐにウマンが指摘する問題点を理解した。

「つまり殺害された時代を高精度で出さねば、太古の死体なのか、入植者による虐殺の死体なのか証明できないわけか」

「そういうことだ。我々が行なっているのは客観的な考古学上の調査という側面も否定しないが、本質的には政治行為だ。調停を行う上で、誰もが反論できない客観的な事実関係を提示する。そのための調査なんだ。高精度である必要はないが、万人が納得できることは必要だ」

「そういうことなら栄養状態は根拠にできんな。入植者はビチマをどう扱ってきたか、その意見は真っ向から対立している。野蛮人を文明化したという一派と、家畜以下に酷使されたという一派がある。

しかも入植者と接触した時点のビチマの身体データは残されていない。隠蔽以前に、そうした計測が必要という認識がなかったようだ。シドンに最初に建設されたコロニーはどこにあったのかさえ十分な記録がないのが現実だ。提出された数値の半分は出鱈目《でたらめ》と考えた方がいい。信じ難い話だがな」

クワズの話は、最初の入植者たちがコロニー建設時に従うべき基本的な規則さえまともに遵守していないというもので、ウマンは驚きを受けた。確かにドルドラ星系の植民事業を請け負ったゼネコンが中堅以下で経営基盤も脆弱《ぜいじゃく》であることは、ウマンもデータとしては知っていた。

しかし、どうやらそのことがドルドラ星系におけるビチマ差別の遠因となっていたようだ。コロニーの立ち上げ時期から不法行為が行われたことで、現実とは異なるデータが地球圏政府に提出された。

そして地球圏政府も、ドルドラ星系のような惑星が二つしかない資源価値に乏しいと判断された星系については、まともな調査を行わなかった。コロニーが規模を拡大し、都市が建設され、弁務官が派遣された時には、すべてが手遅れだったのだ。しかも、クワズの話はそれだけではなかった。

「実は真偽不明の話として、ドルドラ星系の最初のコロニーは、公式に報告されていたものより二〇年近く早かったという非公式な証言がある。最初のコロニーは失敗し、我々が最初と思っているのは、実は再入植だというんだ」

「初期のコロニー建設では、思っていたより惑星シドンの環境が過酷だったのか？」

「まさか。確かに未開地は多いが、大気は呼吸可能だし、水も手に入る。真空酷寒の宇宙で基地が建設できるのに、惑星シドンでコロニーが建設できないはずがない。

コロニーが失敗した理由はわからん。資金が続かなかったというのが一番有力だが、ビチマとの闘争が起きたためという情報もある。ただ曖昧な証言だけで、物証は何もない。ドルドラ星系の入植事業にあたった団体はすでに解散しているしね。

まぁ、弁務官としての私見を述べるなら、こんな話はデマの類《たぐい》だろう。確たる証拠もないのだからな」

「弁務官が調停官の私に、どうして根拠がないような話をする？」

「この問題を解決しようとする時、どんな事実が明らかになるかわからない。だから覚悟はしてくれっていうような意味だ」

クワズはデマの類とはいうものの、ウマンにはむしろ、公式のものより前に失敗したコロニー建設があったという話の方が納得できる気がした。ドルドラ星系に限らず、資金力に余裕のない企業体が開発した星系では、今回ほどではないにせよ不祥事が多い傾向にあるのは確かだった。

資金力に余裕がないゆえに失敗が許されず、そのことが小さな不祥事を隠蔽するバイアスを組織にかけることになる。そうしたことの蓄積が大事故につながったりするのだ。

巨大企業体の星系開発でそうした失敗が少ないのは、彼らがことさら倫理的であるわけではなく、単純に資金的余裕が組織において失敗を報告しやすい環境を作り上げているからに過ぎない。

そう考えるとビチマ問題の根本原因は、ありふれた経済競争が引き起こしたとも解釈できる。資金に余裕のない中堅ゼネコンが独占権を確保できるのは、ドルドラ星系のような経済的価値が低いと判断された星系だけだ。そこでは最初からマイナス情報が隠蔽されやすいバイアスが働く。不幸にもコスタ・コンコルディアの乗員たちは、そんな星系に遭難してしまったのだ。

「客観性という点なら、やはり殺害時の状況か」

クワズはそう言うと、頭蓋骨と頸椎《けいつい》の傷を拡大するよう柳下に命じた。彼は傷口に該当するような凶器の断面も映像で示す。あくまでも断面だけなのは、凶器が何かが不明なためだ。

「死体のモデルを立たせることは可能ですか？」

ウマンが尋ねると、映像の中のモデルが立ち上がる。

「凶器の断面は同じなので、おそらくは同一のもの。身長一七〇から一八〇センチほどの人物が後ろからほぼ水平に凶器を叩き込み、倒れた被害者に上からとどめを刺した。再現できますか？」

柳下は慣れた手つきで直立させた死体のモデルの後ろに、ウマンの言った条件の人影を立たせ、一連の行為をシミュレートした。死体の傷の形状は、そのシナリオとほぼ一致した。

「凶器はハンドアックスのようなものか。最初の画像では、傷口の一部が変色していたのは何だ？」

クワズの質問に柳下が説明する。

「傷口の変色理由については分析中です。金属成分は見られますが、殺害時の血痕の影響が考えられますし、長年土中にあったためにコンタミが起きた可能性もあります。微生物が金属塩を蓄積させる可能性もあります。鉱山というほどではありませんが、当該地域の金属塩の蓄積は高いので。原因まではっきりしませんが」

ウマンはここで一つの疑問をはっきりさせようとした。

「ビチマは金属器の技術を失ったと聞いたが、たとえば鉄器の使用は本当に確認されていないのか？」

それにはクワズが答えた。

「ビチマがいつの時代まで金属を利用していたかははっきりしていない。コスタ・コンコルディアから可能な範囲で機械類を下ろしたから、そこそこの量はあるはずだが、それを道具に再加工したものは発見されていない。

ビチマが作ったという青銅器の刃物と言われているものもあるのだが、これも出所不明なので証拠にはならない。青銅器はビチマにも作れるだろうが、入植者にも作れるからな。

ただ、鉄器はないと言っていいだろう」

「どうして？」

「それほど規模は大きくないのだが、鉄鉱石は露天で確保できる場所がある。ただ燃料となる材木の入手が難しい。それに火山活動の影響で、土壌の硫黄分が多いから、そのままでは鉄器の質は低い。そこから質を高めようとすれば、燐《りん》やその他の材料とさらなる燃料が必要だ。

じっさい入植者が一世紀ほど前に採掘を試みたことがあったが、鉱石に不純物が多くて、採算が合わないからプロジェクトは中止されたと記録にある。まぁ、鉄なんか宇宙空間の大規模プラントで安く生産できるからな。自前で製造するメリットはない。

ビチマはそんな価格競争力を考える必要はないだろうが、鋼を手に入れる手間を考えたら、石器を使い捨てる方がまだ合理的じゃないかな。少なくとも青銅の方がまだ可能性がある」

「ならばビチマが石器を使っていたのは、技術を失ったためではなく、資源の制約を前提とした経済的な合理性の結果かもしれないわけだな。つまりは金属器よりも石器を選択したと」

「その可能性は高いと思う。ビチマの石器と思われるものは、比較的多く見かけられる。ただ本格的な学術調査はつい最近行われたばかりだから、データの蓄積はあまり期待できないな」

「年代測定くらいはしているんだろ？」

ウマンの質問に答えたのは、クワズではなく柳下だった。

「調停官、年代測定という観点からは惑星シドンは厄介な場所なんです」

柳下はそう言った。その理由についてはウマンも説明は受けている。放射性同位体比が定まらないのでは年代測定は非常に難しくなる。ウマンは柳下に尋ねる。

「年代測定は別に考えるとして、死体について何か他にわかることは？」

「エピータ博士から提供された発見現場付近のモデルと併用すると、興味深いことがわかります」

ウマンの視界の中に、殺人現場にあった堆積した石の山の姿が浮かぶ。ただ単純に石を積み上げたのではなく、土盛りをしたうえで、表面を石で覆っていたのだ。その土盛りの下には小さなプールを思わせる地下室があった。内部は土で埋もれているが、内外の土質の違いは色で識別できた。

「弁務官事務所が貸与した地中レーダーのデータから、ＡＩがすべての石の立体データを構築することに成功しました。あとは個別の石の位置関係から、最適な組み合わせを推測させました」

柳下の説明に、ウマンは一つ確認した。

「君は、これが何らかの構造物という前提でＡＩに指示を出したのか？」

あの石の小山が何かの構造物だというのは、ウマンも同じ印象を受けたのでわかる。ただ柳下がそうした認識で作業を進めるのは、それが調停官の判断の根拠となるだけに確認が必要と判断したのだ。しかし、クワズのスタッフは優秀だった。

「いいえ、構造物という前提ではありません。現場の石の関係性がわかれば、土砂に埋もれる前の姿が予想できる。土砂の堆積は時代推定の参考にはなるはずです。結果はこうです」

そこには予想通り、人間の頭ほどもある石が積み上げられている石室があった。石の組み方は、大きな石を組んだ後で、隙間に小石を詰め込むような構造だが、すべての石があるべきところに収まった。

どうやら石室の上を丸太で塞ぎ、土を被せて、石で表面を覆ったという構造であるようだ。長年の間に丸太が腐食し、土や石が石室を埋めたというのが、現場の構造らしい。

「やはりエピータが言うように墳墓なのか、これは？」

クワズはそう解釈したようだが、ウマンは違った。

「植民星系で墳墓を構築した事例はほぼないが、地球の古代文明では、こうした石室構造は墳墓である事例が多い。この構造物も床と壁面は石を使っている。しかし、天井だけは丸太を並べて土を被せ、石を載せただけだ。ビチマは人間なのだから、墳墓を構築するという部分で発想が共通なら、天井も石造りにして完全な石室にするんじゃないか？

シドンは火山も多い。溶岩が冷却した柱状節理なんか簡単に手に入るだろうから、石造りの天井もそれほど難しくはなかろう」

しかし、すぐにウマンは自分の発言のおかしな点に気がついた。

「どうしてこの構造物は丸い石を組み合わせて、柱状節理のブロックなどは使っていないんだ？

丸太を切り出す技術があるなら、コロを使うこともできるだろうし、それなら柱状節理を運ぶことも可能なはずだ」

「むしろ、丸石や丸太の方が貴重なのではありませんか？　あの辺りは荒地で河川からも遠いですし、シドンでもあの領域は木材の少ないところですから」

ウマンよりも地元に詳しい柳下はそう解説する。

「貴重な木材と丸い石をふんだんに使ったから、埋葬されている人物は有力者というわけか」

それはもっともらしく聞こえたが、ウマンには詭弁《きべん》のように思えた。それに現時点では、あそこが有力者の墳墓と決まったわけではない。

ここで映像について別の視点で見ていたのがクワズだった。彼は現場の構造と、それを俯瞰した二つの映像を比べていた。

「この図では床が水平だが、現場ではこの構造物は角度にして一〇度は傾いていないか？」

「傾いてますね」

柳下はそれを認め、その意味もすぐに理解したらしい。

「死体を含め、全体を発見時と同じように傾斜させてみます」

彼女がそう言うと、現場の構図が変わる。そこの床は前後に一〇度ほど傾斜しているだけでなく、左右にも六度前後傾斜していた。

「どうだ調停官、見ての通り死体は頭を床につけて跪《ひざまず》くような不自然な姿勢で発見されたが、最初は床が水平で、地盤沈下か何かで傾斜したために死体本来の姿勢が倒れたと解釈したらどうだ？」

クワズの仮説を柳下はすぐに再現した。四角い石室の中央に正座した姿の死体が倒れると、発見時の姿勢と合致した。

「シドンは地震も多い。比較的大きな地震のために地盤が傾斜し、死体は床に跪くような形で倒れてしまった。そう解釈できそうだな。それで天井も崩れて死体は土砂に埋もれた」

それは確かに興味深い仮説であったが、ウマンはいま議論している話にはほとんど役立たない気がした。重要なのは殺人現場の傾斜ではなく、死体が何者で、殺害されたのはいつなのかである。

「土砂に埋もれた死体があそこまで白骨化するのに何年かかる？」

ウマンの質問にはクワズが即答した。つまり彼もこの可能性を検討したのだ。

「早ければ一週間、遅くとも一ヶ月だ。土壌には幾つもの虫が生息していて、人間は恰好の餌なんだよ。あの現場が仮に墳墓としたら、人ひとりを四メートル四方の石で固めた部屋の中央に置くのは、虫に食われないためだ。天井が木材なのも防虫の意味があるのかもしれない。シドンにはそういう木もある。まぁ、それはこれからの調査次第だ」

調停官に弁務官の意図が伝わっていないことに業をにやしたのか、柳下が再度意見を述べた。

「重要なのは、死体の白骨化の時間ではなく、この構造物が水平だった時期には、死体は中央で正座していたことではないでしょうか。死体の傷の位置からして、殺された後に正座させられ、この構造物の中心に置かれた。発見時にうつ伏せであったのは、その後の地震などのためと考えられます。

つまり、被害者はうつ伏せにされて殺されたとの虐殺説に関しては、物証はそれを否定していることになります」

「なるほど……」

柳下の説明で、ウマンは自分がクワズと論点がずれていたことを理解した。ただ彼らの分析は正しいとしても、それで証明できるのは死体の状態であり、虐殺はなかったことの証明にはならない。

虐殺があったかもしれない土地で、いつのものかはっきりしない他殺死体が発見された状況で、それが虐殺ではなかったことの証明は難しい。何よりここでの問題は感情であり、政治なのだ。

「こうなれば、力の行使しかないな」

ウマンの呟きに、クワズも柳下もギョッとした表情を向ける。

「力の行使ってなんだ、いきなり無人島でも吹き飛ばすのか？」

「そうじゃない」

ウマンはクワズに言う。

「穴を掘るんだ、人海戦術で」

「顔を隠すのも目立ちますから、ダミーで刺青《いれずみ》みたいなペイントをしてバイザーをしておけば、調停官とばれることはないと思います。ドローンはできるだけ目立たないようにして」

　ネオ・アマコからサイリスタに向かう不定期便の高速フェリーの中で、柳下はウマンにそうアドバイスした。そしてウマンの顔にメイクをする。

「エージェントはどうする？」

「そこは個人情報非公開モードでも怪しまれません。出自の問題にはみんな神経質なんです。だから他人の出自は尋ねないのが普通です。トラブル回避です」

　ウマンは柳下に相談したことは正しかったと確信した。市民たちがエージェントの個人情報を非公開モードにしている程度の事実でさえも、執務室にこもっていてはわからなかっただろう。

　高速フェリーの内部は閑散としていた。それでも念のため、ウマンは柳下とコンパートメント席を確保した。できるだけ調停官が乗っていることを知られないためだ。そして柳下からメイクをされる羽目になったのだ。

「ビチマであることを知られるのもトラブルになるのか？」

　ウマンにはそれくらいしか思いつかなかったが、柳下の返答には自分の認識の浅さを思い知らさせた。

「ビチマも入植者も同じ人間です。ってことは、子供も作れるわけです。結婚が認められるようになったのは、人間宣言以降だから七五年ほど前ですが、ビチマと入植者の間に生まれた子供はもっと前からいましたし、そうした子供が成人して同じ境遇の人と結婚することもありました。

だから実を言えば、ビチマと入植者の対立というのも正確じゃありません。市民のアイデンティティの問題は複雑で深刻なんです。だから非公開がマナーです。

お気づきと思いますけど、未だに入植者という呼称が使われているのも、このことと無関係ではないんです。あえて自分を入植者と称するのは、自分は純粋なビチマではないことの婉曲《えんきょく》な表現なんです。つまり純粋なビチマ以外の人々の総称が入植者なんです」

「だとすれば、何と何が対立構造にあるのか、表層だけで判断すべきではないというのか？」

「その判断こそ、調停官の仕事では？」

「その通りだな」

人によっては柳下の口の利き方は無礼と感じるかもしれない。しかし、ウマンにはむしろ彼女の率直さの方が心地よかった。経験上、そうした人間の方がいよいよという場面では信頼できる。

「それでも、弁務官事務所の一スタッフがいうのもおこがましいかもしれませんが、一番の問題は社会的に認知されていない市民、別の言い方をすれば、自分は入植者なのかビチマなのか、世間の認知と自己認識が一致しないような人たちの存在だと思います。弁務官事務所のスタッフは原則として他星系からの人員ですから、他所者《よそもの》として認知されています。ビチマにも入植者にも。

しかし、同化政策とビチマの自治政策の一貫性の無さから、ビチマ社会の中で入植者の価値観を持つ者、あるいは入植者の一員ながら、ビチマ文化に共感する者、そのような帰属と文化的価値観の相違から深い疎外感を抱く市民もいる。

そうした中でビチマか入植者かという単純な二項分類は、彼らの疎外感を強化することはあっても軽くはしない」

「だから君は、ビチマとの事業にかかわるのか？　状況を少しでも変えるために」

その質問は、柳下には虚を突かれたものだったのだろう。彼女は驚き、笑う。

「どうでしょう、私自身は個人的な趣味と思ってました。でも、あるいはそうなのかもしれません。クワズ弁務官が私の行動に何も言わないのも同じ理由かな」

「あいつなら、そうかもしれんな」

ネオ・アマコからサメ湾の奥にあるサイリスタ港までは、二つの都市の間を移動する唯一の交通手段として、フェリーが航行していた。

貨物輸送も行うので排水量は八〇〇〇トンほどだという。都市間の移動はそれほど頻度はなく、フェリー便は一日に三往復だけだ。二つの大都市は二〇〇キロほど離れており、フェリーは片道四時間かけて移動する。

これとは別に一〇〇〇トン程度で人間だけを運ぶ高速フェリーも不定期で運航していた。昔と異なり、いまはどこの星系でも公共交通機関に時刻表はない。そんなものがなくても個人のエージェントが最適な選択肢を提示してくれるから、時刻表に意味はないのだ。それにこうした交通機関の相互連絡を調整する仕組みが当たり前のため、どこかのルートが事故で使用不能となっても、すぐに代替ルートの設定が行われるのだ。

とはいえ惑星シドンに、そこまで複雑な調整機能を要求するほどの公共交通機関はなかったが。

もちろん調停官の権限で飛行機を飛ばすことも容易だが、ウマンとしては現地の実情を知ることを優先した。地球ならまだしも、シドンでは飛行機を飛ばしただけでも相手に警戒心を抱かせてしまう。

このため彼はサイリスタに人脈があるという柳下に仲介を依頼したのだ。広範囲な調査計画のための人員募集を。

港に到着したフェリーを降りた二人は、柳下のエージェントで無人タクシーを呼んだ。いまの時点ではできるだけウマン自身のエージェントの痕跡を残したくなかったためだ。

上空を見上げてもドローンの球体は見えないが、エージェントは上空に待機していると告げていた。タクシーが動き出すと、ドローンも追躡《ついじょう》する。

「ステリング・ルバレという人物は、あまりデータがなかったが……」

「信用できるのか、ですか？　調停官。その質問にあまり意味があるとは思えません。ルバレがどんな人物であれ、我々は彼女を信用するしかありません。

まぁ、私の経験では信用できます。少なくとも多くのビチマの信用は勝ち得ています」

ウマンは柳下のその微妙な言い回しが気になった。

「ルバレはビチマではないのか？」

「ええ、それどころか入植者でさえありません。どこか他の星系からやってきてドルドラ星系に定住し、いまは有力者の一人です。

ともかく調停官が労働力を必要とするなら、ルバレの協力なしでは不可能と考えていいでしょう」

ステリング・ルバレの情報は調停官であるウマンでも、それほど詳しくはなかった。もちろん統合弁務官事務所を介して調べれば出生以降のデータは入手可能だろうが、それにはウマンといえども相応の理由と手続きがいる。

シドンで入手できるのは、暫定自治政府への転属データだが、宇宙軍の将校で艦名は不明ながら艦長経験者だったという略歴と、出身地がカプタインBであるとわかるだけだ。宇宙軍関係者の場合、身辺の安全のために個人情報の開示は大幅に制限されることがあり、ルバレの情報が少ないのはそのためと思われた。

ただウマンにとっては、情報の少ないことそのものも情報だ。宇宙軍が身辺の安全を気遣うというのは、かなり重要な仕事をしてきたということだ。

どうしてそんな人物がドルドラ星系のような辺境星系を選んだのかは理解し難いが、移住に際して好きな星系を選べたという事実は、彼女に犯罪歴がないことを意味している。犯罪歴によっては移住可能な星系も制限されるし、そもそも他星系への移住を認められないことも多い。送り出す側が許可しても、受け入れる側が拒否すれば、移住は成立しないからだ。

「調停官はあちこちの星系を移動してきたそうですけど、こうした辺境の都市には慣れていないんですか？」

景色を物珍しそうに眺めているウマンに柳下が尋ねた。

「都市の景観は星系によって違うね。植生や空の色とかね」

「確かに一日の大半で、空が赤い惑星は珍しいでしょうね」

柳下はそれで納得したらしい。自転が遅いので朝焼けや夕焼けの時間が長いだけでなく、大気中の微粒子の影響で青い波長は散乱しやすく、空が赤い時間が持続していたからだ。

もっとも、サイリスタの街並みの違いはそれだけではないとウマンは感じていた。

首都サイリスタの建築物は、宇宙基地の技術をフィードバックした集約都市様式で構成されていた。これは巨大な一つの建物の中に住居と教育機関、職場などを集約し、生活がその中で完結するような様式だ。数世紀前のメタボリズム建築にまでその系譜を遡れるという意見もある。

サイリスタにはそうした集約都市型の建築物が二〇あり、その中の七つが旧市街、それ以外の旧市街を取り囲むようにコの字型に配置されたのが新市街であった。

旧市街の集約都市は一つ一つが新市街のそれよりも小さく、正常に機能しているようだったが、外壁は火山灰で薄汚れ、老朽化の跡も隠しようがなかった。

サイリスタのビチマはほとんどが旧市街に住んでいるという。かつては分離政策でビチマと入植者は居住区域を分けられていたが、いまはそうした政策は廃止されている。

それでも旧市街にビチマが多いのは単純な理由だ。新市街より旧市街の方が住居費が安く、入植者よりビチマの所得水準が低ければ、人々の居住地は綺麗に分けられる。

　これはシドン暫定自治政府が意図して行なっているわけではなく、人類が地球にしか住んでいなかった頃から認められる現象だった。今日の地球でも同じことは起きている。人類のテクノロジーは進歩したが、それで解決した社会矛盾は驚くほど少なかった。そもそも調停官などという職業が必要だという事実がすべてを物語っているだろう。

　タクシーは旧市街に入るものとウマンは思っていた。しかし、旧市街を縦断する道路を過ぎてもタクシーは止まらなかった。そうして、サイリスタ郊外にある集合住宅の前でようやく停まった。

　それは地球ではほとんど目にすることのないマンションだった。階層は一五階、横方向には二〇部屋分の長さがある。ただ一階と二階は共有部分となっているのか床面積は他の階層より広くなっており、横から見れば全体の形状はL字型だった。

　外観は灰色に塗られているが、それは火山灰などの汚れを目立たなくするためだろう。ただそれはあまり成功しておらず、煤《すす》けた印象は否めない。

　マンションの側面には、塗料で上書きされたので痕跡しかわからないが、市役所を示すマークがあった。つまりこれは初期の入植者が居住していた最小限度の集約型都市なのだだとすれば築百年を超えているだろう。

柳下が、驚くウマンに愉快そうな表情を見せた。

「驚きましたか？」

「ここは？」

ウマンのエージェントにも、この建物が何であるか情報がなかった。ただ彼を警護する球形ドローンは、建物が使用され、いまも内部で多数の人間の活動が認められると報告する。電気的雑音や赤外線、人間の生活音などが認められるという。

「非公式のコミュニティセンターです。ビチマの自治活動と教育のための施設という建前ですけど、誰が来ても拒まれることはありません、まぁ、ハメイギニかアナングであればですけど」

確認するまでもなく、ウマンのエージェントはハメイギニもアナングも、どちらの意味もわからなかった。

「私も詳しくはわかりません。ただ私なりに解釈すると、ハメイギニは土地の使用権を持つ集団に帰属するという意味、アナングは文化を共有できてファミリーと同等に扱うことにコンセンサスが成立する人間集団のようなものです」

「血縁や言語の違いは関係ないのか？」

「ないですよ。私はハメイギニではありませんけど、アナングですから」

ウマンは、ビチマについて本質的な部分で理解していなかったのではないかという疑問が浮かんだ。

「柳下さんは、何というか、アナングからはビチマの一員とされているのか?」

柳下はそうした質問を予想していたのか、微笑みながら否定する。

「ビチマとは何かというのが、ビチマにとって大問題のようです。弁務官事務所の私がコミュニティに受け入れられているのは、明らかに他所者だからです。他所者というポジションは動かない。だから安心されている。いずれいなくなる人間だから。

ここの人たちにとってハメイギニであり、アナングであることは、ビチマと自称するための最低条件のようです。

この辺のことはすぐ知りたいですか?」

柳下は何か自分のエージェントに確認したらしい。

「もちろんだ。ビチマとは何であるのか、それがわからずに問題解決はできないだろう」

「なら好都合ですね。エピータ博士がルバレに会うために来ています」

施設のエントランスに入ると、ウマンはそこにシバナンダ・コミュニティセンターという施設名を掲げた銘板を認めたが、その下には、どことなくアルファベットを連想させる文字群があった。

「あぁ、これですか。ナク文字です」

「ナク文字？　ビチマ文字ではなくて？」

「いわゆるビチマ語です。ビチマの複数ある言語集団で、最大人口の言語がナクなんだそうです。まぁ、詳しいことは専門家に聞いてください。あっ、シバナンダですけど、ビチマの人たちが大昔にこの土地のことをそう呼んでいたんだそうです。意味までは知りませんけど」

柳下は弁務官事務所では高等技官という立場であったが、ウマンが思っていた以上にビチマについて豊富な知識を持っているようだった。ただクワズ弁務官は柳下を、ビチマの調査にそこまで活用しているようには見えなかった。

それは高等技官が担うべき職域ではないという彼なりのこだわりかもしれないが、それ以上に、柳下の安全を配慮してのことだろうとウマンは解釈した。

柳下が個人的にビチマとかかわりを持つのは、惑星シドンでは自然なことだろう。ただし弁務官事務所の人間として調査活動を行うとなれば、スパイの類と誤解され、相応の危険もあるだろう。何より弁務官事務所の中立性を疑われる。おそらくはそれを恐れたのだ。

施設に入って目につくのは、壁一面にさまざまな絵が描かれていたことだ。現実の自然界では褐色や赤が基調の惑星シドンだが、壁画にはそのことへの反動なのか、緑色を基調としたものが多かった。

ただ人間の活動を描いた作品とは思うのだが、ウマンには壁画の意味はいまひとつわからない。

「これはビチマの現代絵画です。ここのは抽象画なので、何が描かれているかはわからないと思います。緑色が大量に使えるようになったのは、この数十年です。ビチマの芸術にとっては、革命みたいなことだそうです」

「緑はあまり使われないのかい？」

「みたいですね。そこはちょっと複雑で、外の景観が赤基調なので、緑色の景観がほとんどないんです。緑が緑として見えるのは、屋内で人工照明のある空間だけなので、比較的最近の表現技法だそうです」

クワズはこのことを知っているのだろうか？　ウマンは一瞬そう考えたが、すぐに弁務官の苦悩の訳に思い至った。この絵画だけでもビチマには高い精神文化が存在していたことがわかる。

この事実は人種的な偏見を持つ勢力にとって、確かに自身の偏見を突きつける物証となるだろう。それはまた対立の火種になるかもしれない。

だが、弁務官としてはより深刻なジレンマに直面することになる。それは「文明を失ったビチマ」の同化政策が、ビチマのこうした精神文化の破壊に他ならないことだ。

改めて考えてみれば、クワズほどの手腕を持った弁務官なら、ドルドラ星系程度の小さな植民地にこれほど苦労はしない。短期間にビチマの同化政策を完遂《かんすい》し、対立構造など残さないだろう。

それなのにビチマと入植者の対立が存在するというのは、クワズには積極的に同化政策を進める意図がないとも解釈できる。最後の手段として口にしていたドルドラ星系社会の解体という選択肢も、ビチマの精神文化をいかにして維持するかの解答としては十分あり得る。

ルバレの執務室は、建物の最上階である一五階だった。旧式だが車両の輸送もできそうなほどの大きなエレベーターで向かう。ドアが開くと、体育館のような広いフロアに出る。そこはかつて市長の執務室が置かれていたフロアだった。ただし各部屋を仕切っていた壁はなく、その代わりパーテーションが幾つか置かれていた。

仕切りがなくなった巨大なフロアの壁面には、褐色の塗料で描かれたらしい壁画があった。四足の毛皮で覆われた巨大な動物をビチマが穴に追い込んでいる状況らしい。この巨大動物がエレモだろう。

四足動物というが、地球の象や河馬《かば》などとは違っており、後脚は大きく発達しているが、前脚は細い。白亜紀末に生息していたティラノサウルスを連想させるが、恐竜には尻尾がありそれでバランスが取れていたはずだが、エレモには尻尾がなく、バランスを取るのは難しそうに思われた。

もっとも当時のことを目撃した人間はいないのだから、エレモの想像図を論難《ろんなん》しても始まるまい。

柳下はそのまま奥のパーテーションまで進む。

「ルバレ、お客様」

「そこの人かい、あんたが言ってたのは、ケイ？」

パーテーションの向こうにあったのは、ウマンの予想していたものとは違っていた。壁の一面が複数のモニターで埋められており、いくつかの景色を映していた。その中にはシャールが警戒するエピータの発掘現場の光景もあった。

デスクと椅子というような、旧式の事務室のようなものを想像していたので、こうした光景は意外だった。

部屋の中で、東洋風のワンピースを着用し、足を組んで椅子に座っている、四〇代と思われる女性がルバレだった。彼女が座っていたのは事務用の椅子ではなく、どこで手に入れたのか軍艦のブリッジで使っている多機能椅子だった。

薄いブロンドのロングヘアを後ろでまとめている。元軍人という雰囲気はないが、それでも多機能椅子での姿勢は優秀な軍人だった片鱗を窺わせる。そして軍人とは別の眼光の鋭さがあった。

室内にいたのはルバレだけではなかった。スーツ姿のエピータがルバレからテーブルを挟んで席につき、ルバレの横には年齢のはっきりしない大柄の男がいた。長年肉体労働に従事していたと思われる体つきと、パンツにワークシャツという出で立ちに、ウマンはこの男はビチマだと直感した。

「初めまして、調停官のテクン・ウマンです」

ウマンは自分から挨拶した。

「ここを仕切らせていただいてます、ステリング・ルバレです。エピータはもうご存じですね。そしてこの人は私の情夫かしらね」

そういうと横の男は、妙に可愛らしく照れた。

「なに照れてるのさ、いまさら。この人は川西チセロ、ナクの顔役さ」

ナクは、柳下の説明ではビチマでもっとも多くの人々が使う言語だ。しかし、ナクは部族的なものも意味するのだろう。

「ケイから調停官の要望のあらましは伺っております。いまもその件に関してエピータと話しておりました」

予想すべきことだったが、すでにルバレとエピータの間では色々な話し合いが行われていたらしい。

「我々の理解するところでは、弁務官が社会的問題の焦点となっている土地の調査を行うにあたり、ビチマから人員を募りたい、そうしたものと解釈してよろしいですか？」

殺人事件とか墳墓とか、デリケートな表現を避けてのルバレの質問に、ウマンは彼女がこの申し出を真剣に検討していたことを理解した。

「その解釈で間違いありません。ただ何を具体的に調査するかは、調停官として現時点では何とも言えません」

「それはなぜ？」

ルバレはやや警戒したような口調で尋ねる。

「作業員が何人確保できるのか、それにより調査内容が変わってくるからです。更地《さらち》に工場でも建てるなら、機械力の投入で何とでもなります。

しかし、問題の土地周辺は遺跡が存在する可能性がある。あくまで可能性でも調停官としては無視できません。そうであれば作業に無造作に機械力を投入できない。人間による慎重な作業が必要です。投入できる労働力で、何を為すべきかの選択肢も違ってきます。

ご理解いただけますか？」

ルバレは側のチセロに何か尋ね、チセロもすぐに何か答える。それは人類圏の標準語ではなく、ビチマのナク語だと判断した。

「たとえば大人一〇〇人なら間に合いますか？」

「私が考えている規模ですと、最低でも一〇〇人、できれば五〇〇人を手配できればありがたいところです。

もしも引き受けていただけた場合には、調停官との直接契約となります。つまり地球圏の統合弁務官事務所が必要経費を支払う形になります」

チセロは標準語を理解できないのかと疑っていたが、そんなことはなかった。彼はウマンの話を聞くとナクでルバレに何か話す。ルバレも小声で何か返した。

「フルタイムで五〇〇人、パートタイムで五〇〇人の合計一〇〇〇人が集められるとしたら？」

「その人たちがこちらの指示に従って適切に作業が行える人たちであれば構いません。人手が多いほど、作業時間は短縮できる」

「労働条件は？」

「ドルドラ星系も人類世界の一員であるからには、労働条件は地球圏準拠です。星系の物価水準は考慮されません。額面や勤務時間なども同一条件です。雇用期間は惑星シドンの公転周期、現時点では地球時間で二ヶ月半を想定しています」

チセロは手のひらに何か数字を描いてルバレに示す。ルバレも自分の手のひらに何か数字を描いて見せていた。

「ルバレさん、チセロさん、一つ確認したいのですが、調停官である私との契約はどなた、あるいは何処と行うことになりますか？」

それは契約を行う上での当たり前の質問であったが、ルバレは意外な提案をしてきた。

「選択肢は三つ考えられます。

一つは調停官が私個人と契約する場合。募集から調達、発注、それらを調停官と契約した私が、個別に第三者と契約する形です。しかし、一〇〇〇人を二月半も雇えるだけの大金を私個人と契約する形というのは、お勧めしかねます。

二つ目は、人員の募集はここのコミュニティセンターで行うということ。ただ現時点でここには公式な法人格はありません。暫定自治政府はここに法人格を与えることを望んでいない。はっきりと拒絶されたことはありませんが、実務処理は遅々として進みません」

「ジョン・ユンカース議員に働きかければ？」

むろんその方法が期待できないから、実務が止まっているのだろう。ただウマンは、ビチマのユンカース議員の評価を確認したいと思ったのだ。

「ユンカースは駄目。あれが我々の法人化阻止の張本人なんだから。ハメイギニだけど、アナングかどうかは疑わしい。

　別にあれが悪人ってわけじゃない。ただあれは同化政策を支持している。入植者よりも熱心なほどさ」

　それはウマンにとっては意外な話だ。ジョン・ユンカース議員が同化政策の熱心な推進者なら、殺人現場をビチマの自治に任せろとは言わないだろう。

「でもねぇ、調停官。あなたや弁務官の考える同化政策と、自治政府の人間が言ってる同化政策は別物なのよね」

「というと？」

「あなたたちの言う同化政策は、地球圏政府の基本法に則《のっと》り、人類全体が一つの法の支配の下で生活するというもの。ところが自治政府のいう同化政策は似ているようで違う。入植者たちは確かに人類の一員として基本法に則った政府の下で暮らす。だけどビチマを劣った存在と考えている自治政府の同化政策というのは、少数派の多数派への迎合を意味するわけよ。

　表面的にはビチマも入植者も同じような生活様式で暮らしている。でも、ビチマには迎合以外の選択肢は認められていない。それ以外の選択肢は、同化政策への抵抗と目される」

ルバレの同化政策への意見はウマンには受け入れ難いものだった。

「しかし、地球圏政府の基本法には地域文化の尊重も明記されているが」

ウマンは、それがこの場での正解ではないことはわかっていた。しかし、調停官の立場として、ここは原則論を述べねばならなかった。

「それは人類の一員という前提での話。すべてでは無いにせよ、入植者の多数派はビチマを人類の一員とは思っていない。DNAがどうのと言っても、そんな理屈は通用しないのよ、これは感情の話なんだから。

ビチマは劣った存在であり、精神文化など持たないし、持っていたとしてもそんなものを尊重する価値はない。ビチマは多数派に迎合することでのみ、人として扱われる資格を得る。それが彼らの認識さ。

別にあなたやクワズ弁務官を非難しているわけじゃない。むしろクワズは、ビチマが信用できる数少ない弁務官だと私は思ってるよ」

ふとウマンは、クワズとルバレは面識があるのではないかという気がした。それは直感的なものであったが、二人の間には共通する価値観のようなものが感じられたのだ。

「それでもジョン・ユンカース議員は同化政策を支持しているようでしたが？」

「難しい問題さね。ビチマとは何かって話は、あとでエピータからでも聞いて欲しいね。簡単に言えば、ビチマという枠組みは複雑な構造からできている。サイリスタに住んでいるビチマと、郊外のコミュニティに住んでいるビチマでは考え方も言葉も違う。でも、入植者はビチマという枠組みでしか物を見ない。

たとえば自治政府警察局長のマドラス・ミーゴがエピータを警戒している理由を知ってるかい？」

「同化政策に反対しているからと聞きましたが」

ルバレのビチマ視点によるシドンの現実は、ウマンのイメージとは違っているようだった。

「まぁ、それも間違いじゃない。けど本当の理由は奴がビチマを劣等人種と思っているからさ。

ビチマコミュニティの中には、それぞれの動機は違ったとしても同化政策に反旗を掲げているグループが幾つもある。

だが奴はそう解釈していない。劣等人種に主体性などなく、悪いリーダーに唆《そそのか》されているだけだと。エピータはビチマだけど、入植者から見れば地球圏で博士号を取得した他所者のインテリさ。

マドラスから見たエピータは、馬鹿な羊を追い立て扇動する牧童みたいなものさ」

それを聞いてチセロが何か言ったが、ルバレもすぐに何か言い返す。

「ごめんよ、ここの人間は羊とか牧童といっても通じないんでね。細胞培養の肉しかないからさ」

ウマンはその話に、対立解決のヒントがあるような気がした。

「感情面に働きかけたなら、対立は解消する可能性もあるのでは？」

「入植者の中にはビチマとの友好を唱える人間もいる。でもね、ビチマに対する敵意も好意も、ビチマは劣等人種という同じ価値観の産物さ。

友好といっても対等じゃない、弱くて劣った連中を優秀な自分が守ってやる、そういう話。敵対的でも友好的でも、ビチマが主体的に動くことを嫌う。自分の価値観が脅かされるからね。

だから、エピータはマドラスに警戒されているだけじゃない、ジョン・ユンカースにも嫌われている」

「ビチマの議員なのにですか？」

驚くウマンにチセロが発言した。

「あいつは名誉入植者のつもりでいる。あいつ以外のビチマはすべて劣った存在なんだ」

咄嗟《とっさ》に返答できないウマンに対して、ルバレは言う。

「話がずれてしまいましたね。

契約を履行する場合の三つ目の選択肢。私はこれが一番いいと思うんですけど、エピータ博士は弁務官事務所傘下で文化人類学関連の研究所を運営しています。

一方で、ここのコミュニティセンターは数年にわたり、エピータ博士の研究支援や教育事業に協力してきた実績がある。

なので調停官がエピータの研究所と調査に関する契約を結び、コミュニティセンターが博士の研究所から調査に伴う実務を請け負う。これが最善じゃありませんか？」

4　石室

問題の白骨死体が発見された地域は、殺人事件現場としてＭＳ（Muder Scene）と表記されることとなった。すでに弁務官事務所などは暗黙の了解で当該地域を遺跡の可能性がある土地として扱っていたが、公式には殺人事件の真相解明のための調査であり、調停官の任務を支援するという立場であった。

このため現場は公式にＭＳと表記され、そこに建設された調停官の事務所はＭＳＢ（ＭＳベース）と呼ばれた。これはいうまでもなく暫定自治政府に配慮したものであった。

じっさい暫定自治政府代表のファン・ダビラからは、エピータ・フェロンらが調停官の調査チームに雇用される形で参加していることに対して疑念が表明されていた。ただあくまでも殺人事件の調査であるというウマンの建前に対しては、抗議はなされなかった。

これは暫定議会議長のレン・バルバットの意見であると、後からウマンは聞かされた。ダビラと異なりバルバットは、調停官に抗議することは自分たちの意見を通す上で不利であると判断したらしい。

警察局長マドラス・ミーゴは意外にも目立った抗議はしなかった。調停官が責任を持って行うなら警察は容喙《ようかい》しないという立場だ。ただしそれは警察からは人を出さないという意味でもあった。

抵抗という意味では、ビチマ議員のジョン・ユンカースがもっとも強硬派だとのことだった。ただこの抗議の趣旨は、調停官の調査をエピータとステリング・ルバレが請け負ったという点にあったらしい。

要するにビチマの代弁者を自認する彼を通して契約をしなかったことへの抗議であり、さすがに議会でも賛同者は少なかったという。

MSBはエピータの予備調査により、地下に何もないことが確認されている場所に設置された。それは直径二〇メートルのドームで内部は三層になっていた。プレハブ構造のMSBはそれ自体がロボットで、自分で自分を組み立てる構造になっていた。本来の用途は小惑星などの基地建設に用いられるものだ。

MSBは調査領域を壊さないように、エピータたちが設置したエアシェルターから見て西に三〇〇メートルほど離れていた。両者の間は、細道一本だけでつながっていた。そこも調査領域であるためだ。

ルバレの実力については、ウマンはMSB建設のその日から見せつけられることとなる。

「車列が接近してきます」

上空で警戒にあたっていた球形ドローンがウマンに報告してきた。視界に、上空から見た幹線道路が映る。すでに幹線道路から発掘現場まで支線が設置されていたが、そこに向かって一〇両以上のトラックが接近していた。

驚くべきことに、それらは無人車ではなく、人間が運転していた。辺境惑星とはいえ、幹線道路は無人車両の通行が可能であるから、人間の運転でも事故が起こることはまずない。危険運転は自動車のAIが回避するからだ。

ただ、ナビゲーションシステムがインフラに組み込まれている領域では自動運転は容易だが、そうしたものがない不整地を走破するとなると、無人車両に要求されるAIの性能はかなり高度なものになる。

それを考えると、インフラのほとんど整備されていない惑星シドンでは、有人車両の活躍する余地は幾らでもあるのだろう。

そうしている間にルバレからメッセージが入る。

「一五両の車両と二〇〇人の人員を送った。私は動けないが、現場はチセロが仕切る」

車列の接近はエピータたちにも情報が行ったのか、彼女とスタッフ数名がMSBにやってきた。

「二〇〇人のスタッフがまず送られてくるそうですね」

ウマンがそう言うと、エピータはより詳細を知っていた。

「今日と明日で、必要な施設と物資の備蓄が始まります。最初の講習は明日からでも始める予定です」

エピータが基礎講習をするというのはもちろんウマンも了解していたが、明日というのは意外だった。予定よりも三日は早い。

「はい、事後承諾になりますが、こちらで働きたいという希望者が予定よりも多いため幾つか計画を修正しました。予定の一〇〇〇人はほぼ確定です」

「ルバレの実力ですか……」

ウマンは率直にそう感じたが、エピータはそれほど単純ではないと言う。

「ルバレに人望があるのは確かですが、彼女やチセロの要請だけではここまで迅速に人は集まりません。一番大きいのは、給金がシドンの標準より高いことですね。ビチマにはなかなか条件のいい仕事は当たりませんから」

そのことはウマンも知っていた。惑星シドンの主要輸出産品は極限環境生物を含む鉱石だが、他には目ぼしい産業がない。工業基盤も脆弱《ぜいじゃく》で、付加価値の高い産業が数えるほどしかないため、高等教育を受けたとしても、卒業後に働く口がない。

だから教育を受ける動機が乏しくなるが、結果として経済を拡大させるための人材が増えないという悪循環に陥っていた。そうした経済状況から考えるなら、ウマンの提示した雇用条件は確かに魅力的だろう。

「もう一つの理由は、調停官が行おうとしている調査プロジェクトが人材育成を伴っていることです」

エピータのいう人材育成が、作業員に基本的な技能を身につけさせる研修を指すことにウマンはすぐには気がつかなかった。それらは限られた領域の研修であり、なおかつ期間も長くて数ヶ月に過ぎないからだ。

「人材育成と呼ぶほど大袈裟なものじゃないよ」

「確かに他の星系ではそうかもしれません。ですがシドンでは、調停官が提供してくれたような先端機材による研修は、人材育成に大きく寄与することになるんです。

ビチマに限りません、一般市民の多くも高等教育に触れる機会がありません。しかし、それは社会も個人も貧しいためであって、何かを学びたいという欲求はむしろ他星系よりも強いといえます。彼らにとっては、数ヶ月の研修でも人生を変える転機になりえます。何よりも、ドルドラ星系以外の世界の存在を知ることが、ここでは可能となるわけです」

エピータの言葉通り、MSBの近くに集まった一五両の大型トラックからは二〇〇人の人員と機材が降ろされ、まず地面を整地し、エアチューブの施設が建設される準備が始まった。

驚いたことに、それらの作業は機械ではなく、ほぼ手作業でなされていた。小型の土木ロボットが極端に大きな土地の凹凸は削ったりしていたが、レーザー光線で水平を出し、そこを整地してゆくのはほぼ人力である。

彼らは素人の集団とも思えなかった。それぞれが割り振られた作業を適切に行なっていたからだ。スコップで穴を掘るにしてもチームが効率的に行い、技能面では熟練さを感じさせた。とはいえ土木ロボットと人力作業員の共棲とでもいうべき光景は、なかなか他星系では見られない。

「ここの特徴ですね」

エピータは、作業指示を仰ぐビチマにナクで何か伝えるかたわら、状況を飲み込めないウマンに説明する。

「同化政策の一つの結果です。自治政府はビチマに仕事を与える必要に迫られていた。しかし、その前史としてビチマへの教育投資はほとんど為されていない。義務教育の水準も高くない。ビチマの就学状況の統計さえ、三〇年前まで存在していなかった。

結果として大人のビチマが就ける仕事は限られる。そもそも社会全体が十分な雇用を約束できる段階にない。

なので公共事業などを行うにあたっては、機械力ではなく人力中心で作業が行われる。あの小型土木ロボットは一〇〇人分の作業をこなします。つまりロボットを使わねば、一〇〇人分の雇用を約束できるという計算です」

ウマンも見習い弁務官の時代を含め、さまざまな植民星系を移動した。弁務官を必要とする星系である以上はどこも決して豊かではない。歴史も浅く、インフラも未整備だ。

それでも、そうした星系社会は機械化により短期間でインフラ整備を行い、他星系からの人材を受け入れる準備を整えるのが常だった。そうした常識から見ればドルドラ星系のやり方は非常識としか思えない。

ただこれを弁務官の怠慢というのは一面的すぎるだろう。同化政策を具体化する中で、ここに至るまでの歴史的経緯があるからだ。とはいえ、現状で問題があるなら、正すのも弁務官の仕事だが。

人海戦術による施設設置は、機械を用いない作業としては驚異的な速度で進んでいた。確かに施設自体はエアチューブ式のものであるから、そこまで高度な技能は必要としないが、それだけに作業チームの練度が施工時間にダイレクトに影響した。

そしてエアチューブ式の施設が完成すると、すぐに内部の施工と物資搬入が開始される。それも非常によく組織されている集団であるのは間違いない。

「素晴らしい仕事ぶりだ」

ウマンは全体を統括するチセロに、自身の感想を率直に述べた。単純な道具を用いている現場だけに、弁務官らのエージェントを介した仮想空間の共有のようなことは行われていなかったが、簡単な通信装置を用いてチームは連携している。

チセロも全体を統括する立場だからか、複数の通信装置を目の前に並べて適宜指示を出したり、状況確認をしていた。ネオ・アマコとサイリスタを一歩出れば、人類世界で当たり前の仮想空間やエージェント機能さえ使えない。そこまでインフラが整備されていないからだ。

しかし、そんな環境にもかかわらず、目の前の集団は高い技能を示している。それは人間の能力を改めてウマンに感じさせた。

「いや、これくらいのことは我々には日常茶飯事だ。住処《すみか》を確保する技能はアナングにはなくてはならないんでね」

「ビチマの文化ということか」

そう納得しかけたウマンだったが、チセロはそうではないと言う。

「ビチマはみんなアナングだが、アナングだからビチマじゃない。ケイだってアナングだけど、ビチマとは違うだろ」

「よくわからないんだが……」

チセロはどうしたものかと、やや途方に暮れた表情を見せた。

「アナングってのは生き様さ。その意味じゃジョン・ユンカースなんかはビチマじゃねぇ。まぁ、ルバレは優しい奴だから、ジョンもビチマの数に加えているがね。一番最後のビチマだがな。

とりあえず細かいことはいずれわかるさ。一つ言っておくと、ここにいる連中は全員がビチマってわけじゃない。ビチマは半分、残り四割がアナング、一割はアナンケってところだ」

「アナンケ？」

「そうさな、簡単に帰属を決められない集団とでも思ってくれれば、大きな間違いはない。入植者にも誤解されているが、シバナンダのコミュニティセンターはビチマだけの場所じゃない。ビチマやアナングのためなのは確かだけどね、アナンケだって歓迎してる」

ウマンは説明されればされるほど、ビチマについてわからなくなった。だから尋ねる。

「アナンケはビチマになれない？」

それはかなり説明の面倒な質問なのか、チセロはややズレた返答をした。

「求められればアナンケにも居場所を提供するのが、アナングでありビチマってことだよ」

まだ飲み込めていないと判断されたのか、チセロは補足する。

「ハメイギニにアナング、さらにアナンケ、調停官が混乱するのも無理はない。入植者がやってくるまでビチマにそんな言葉はなかった。ハメイギニだのアナングとかいう分類は、ビチマ以外の人間が現れたから必要になった言葉なんだ。

ところが同化政策が強制されて、自分がビチマにも入植者にも帰属していないって感じる人間が現れる。それがまぁ、アナンケだ。簡単に言えばな」

そう言うと、チセロは腰のポシェットから何かを取り出す。それは長さ二五センチ、直径は五、六センチはありそうな金属製のオブジェに見えた。一言でいうならばサツマイモの金属模型に見えた。

細長い金属模型の両端には直径五ミリ、長さ一センチほどの心棒があり、どうやらもっと大きな何かに組み込まれていたように見えた。

「ルバレから調停官に渡してくれと預けられた。ナゴンの心臓と元々の持ち主は言っていたそうだ」

ナゴンとは、ビチマのリーダーが仲間を統治するための道具と、エピータが言っていたことをウマンは思い出す。リーダーの印ではないかとエピータは考えているようだったが、それも仮説の域を出ない。

それよりもウマンは、それが比較的保存状態の良い青銅器であることにまず注目した。ここまでの議論の前提は、ビチマは早期に金属加工の技術を失ったというもので、発見された頭骨の傷が金属器によるものなら、あの場所が遺跡という仮説は否定される。ただ製造された年月も不明なら、誰が製作したのかもわからないこの金属器から、証拠能力は導けまい。

「エピータはこれを？」

「見てもらったが、なんとも言えないそうだ。ビチマが作ったと称する紛《まが》い物も多いからな。入植者がビチマの道具と称する青銅器を贋造《がんぞう》していたこともあったようだ。土産物にでもするつもりだったのかもな」

チセロはそう言いながら地面に唾を吐く。

「ただエピータは、これがナゴンの心臓かどうかはともかく、本物の可能性は否定できないとも言ったよ。イモはビチマの貴重な食料源の一つだ。それをモチーフとして祭祀の道具に利用することはあり得るとな。

まぁ、見ての通り、何かの部品なり装飾の一部というのはわかるが、全体像が不明だ」

「元の持ち主は何か言ってなかったのですか？」

「そこよ、問題は。

酒癖の悪い奴で、酒代のために詐欺まがいのことにも手を出すようになった。ルバレがそいつを立ち直らせようとして、大事なものを預かるから、返して欲しかったら立ち直れと諭したわけだ。

でな、その時点でそいつの話ってのが、どこまで信じていいのかわからんのだよ。そいつの曽祖母が族長の一人で、ナゴンを持っていたというのだけどな、時代が全然合わんのだ」

「その人物はいまどこに？」

「残念ながら去年亡くなった。不摂生が祟《たた》ったのは確かだが、シドンは慢性的に医師不足だからな。深酒しなきゃ、俺より若いんだから死なずに済んだささ」

多くの植民惑星では、薬物依存症が程度の差こそあれ社会問題となっていた。宇宙に進出できる人類も、薬物依存症は克服できていない。シドンではそうした報告を受けていないのは、単純にこんな辺境まで麻薬を売りにくるような売人がいないためだろう。

人海戦術は予想外であったが、作業は概《おおむ》ね予定通りに進んでいた。ウマンがチセロたちの作業ぶりを確認していると、仮想空間上に呼び出しのアイコンが現れる。それはクワズからのものだった。ウマンはすぐに会議招集に応じた。

そして彼はすぐに、この会議の中でビチマの飲酒問題の別の側面を知ることとなった。

その仮想空間上の会議室には、クワズの他に暫定自治政府代表のダビラと、暫定議会議長のバルバットがいた。

「自治政府代表と議会代表が調停官の調査について懸念があるそうだ」

クワズは言外に弁務官事務所が中立であることを示す。

「懸念とは？」

そう促すと、身を乗り出すようにバルバットが訴える。

「まず議会としては、調停官がシドンで人材募集を行うことに反対する立場にはないものの、その雇用条件について懸念があります。調停官の提示する条件はシドンの平均と比較し、著しく高額です。

我が議会の議員諸氏が、中小企業主であることを勘案するとき、このような唐突な雇用条件の提示は、シドン経済に悪影響を及ぼすことが懸念されるわけです」

実を言えばウマンは、そうした抗議があることを予測していた。バルバットたちはシドン社会しか知らないだろうが、他星系で同様の抗議を受けることは日常茶飯事だからだ。

「シドンの人口は二〇〇万人、対して小職が契約関係を結んでいるのは一〇〇〇人に満たない。総人口の〇・一パーセントもない。そのような状況で、惑星経済にどれほどの悪影響が出ると議長はおっしゃるのか？

それに地球圏統合弁務官事務所はこうした植民星系の雇用促進には十分な経験がある。調停官が執行できる予算額にも、そうした合理的な裏付けがある。

仮にバルバット議長がおっしゃるほどの経済的影響をシドン社会が受けるというのであれば、この星系の経済規模は完全自治の段階には遠く及ばないということになりませんか？」

完全自治が遠のくというウマンの言葉は、バルバットとダビラにはかなり強いメッセージとして働いたらしい。これは弁務官が置かれているような植民惑星ではよく見られる光景だ。

ウマン個人はこうした半分恫喝《どうかつ》めいたやり方は好みではない。ただ、クレームのためのクレームを黙らせるには確かに効果的だった。

「我々の経済は発展しています。重要輸出産品もあります。ただ我々の懸念を調停官のお心に留め置き願えればと思った次第です」

「調停官は珍しい存在ですからね。多くの暫定自治政府の方が我々に不安を抱かれるのは理解できます」

ウマンはこれで話は終わりかと思ったが、ダビラは別の視点で調停官の采配に懸念を表明した。それが飲酒問題だった。

「調停官がビチマを中心に雇用契約を結ばれたことへの不公平さについては議論しようとは思いません。調停官の深慮もあるでしょうから。

ただ一つ指摘しておきたいことは、ビチマの作業員に多額の報酬を支払っても、それらの大半は酒代に消えるという事実です。詳細は弁務官事務所にも報告しておりますが、アルコール依存症の更生施設におけるビチマの比率は、人口比を考えるなら著しく高い。

このような事実を前に、調停官が自身の作業員の給与をシドンの倍以上の相場にすることは、アルコール依存症患者の増大に繋がり、暫定自治政府の社会保険予算を圧迫することになるのは明らかです」

「事実関係がそうだとして、暫定自治政府は調停官である私に何をしろと？」

ウマンはあえて「暫定」の部分を強調する。こうした相手の弱みを突くような真似は好きではないが、それが効果的な相手がいるのもまた事実なのだ。

「たとえば作業員の給与をシドンの相場に合わせる、あるいは作業員への給付を暫定自治政府に委ね、調停官は必要経費を暫定自治政府を通して支払うなどの手段が考えられる」

それはダビラの視点では妥協であったようだ。むろんウマンの考えとは相容れない。

「調停官の権限としてどちらも拒否する。

私の支払う額が法定額より低いから、引き上げろというなら話はわかる。しかし、調停官が法定額を支払うことに対して額を下げろという権限は、暫定自治政府には認められていない。

そもそも他星系でも調停官の契約による人件費は法定額を出している。ドルドラ星系だけが額面を変える合理的な根拠はない。

暫定自治政府を通して支払えというならば、その資金が適正に給与に充《あ》てられているかを調停官の責務として確認せねばならない。つまり暫定自治政府の予算執行に関して全データの提供を要求することになる。

そのような無駄な作業を行うほど調停官の職務は暇ではない。それでもなお暫定自治政府を介入させろというならば、貴殿らも然るべき財務データを提供する用意をしてもらいたい」

「我々の財務データをすべて提供せよと、それは内政干渉……」

「内政干渉ではない。調停官と政府間の契約というのはそうしたものだ」

ダビラは財務データの開示という点で、明らかに動揺していた。だがバルバットは違った。

「今回のプロジェクトにおける調停官の采配について、暫定自治政府及び暫定議会は容喙できないことは理解いたしました。

しかし、社会保障費が増大する恐れがあることはご理解いただけたと思います。その場合、つまり調停官の作業の結果として社会保障費の増大が認められた場合、それを地球圏統合弁務官事務所に請求しても構いませんか？」

それはウマンも予想しなかった要求だった。彼の経験でも、過去にこんなことを要求した人間はいない。

「暫定自治政府がそうした請求を行うことは可能です。ただその請求が正当なものであるかどうかの調査は別途行われます」

ウマンの権限なら、そうした請求を退けることも可能だが、彼はそれをしなかった。ある程度は融和的な態度を残しておこうと考えたためだ。

暫定自治政府側のダビラとバルバットの姿は消え、発言を控えていたクワズ弁務官だけが残る。

「弁務官は介入せずか」

「暫定自治政府と議会が調停官と話したいという時に、弁務官の出る幕はないだろう。それに彼らもいまの陳情で何かが変わるとは思っていない。ただ身内に対しては、主張すべきことは主張したと示すことはできる。それが重要だ」

クワズはそう説明した。

「ところで、ダビラとバルバットは、ビチマはアルコール依存症が多いと言っていたが本当なのか？」

ウマンも弁務官事務所の多くの情報にアクセスできたが、プライバシーに関わる医療情報などについては弁務官の了解が必要だった。むろん弁務官が調停官への開示を拒否した場合には、相応の合理的理由を説明する義務を負う。

「ビチマと入植者の単位人口あたりのアルコール依存症の比率だけを見れば嘘じゃない。ざっと三倍から四倍、ビチマの方が多い。

ただしダビラたちが調停官に開示していない情報もある。まず、これは原因がはっきりしていないのだが、ビチマの大多数はアルコール分解酵素の産生量が少ない体質だ。簡単に言えば酒に弱い。

惑星シドンでの三〇〇〇年の歴史が生んだのか、あるいはコスタ・コンコルディアの乗員の多くがそうであったためか、いまさら確認はできないがな。

このためか初期の記録ではビチマの食文化に酒類はなく、入植者が持ち込むまで彼らは酒の存在も飲酒の習慣も知らなかった。これも酒に弱い遺伝子のためか、それとも貴重な食料を酒に加工する余裕がなかったからか、仮説は幾つかある。

ただはっきりしているのは、酒を持ち込んだのは入植者であり、ビチマは飲酒の文化についての何の免疫も持ち合わせていなかった。初期入植者の中には、ビチマをアルコール依存症に誘導し、酒を餌に思い通りに動かした者もいたらしい」

ビチマの総人口は歴史を通じて数万から多くて一〇万人と言われていたが、そうした小集団なら、確かにアルコール分解酵素の産生が少ないような突然変異が全体に広がることもあるだろう。

「いわゆるビチマの同化政策にしても、試行錯誤の連続だった。食生活改善運動が、ビチマの食文化を破壊し、様々な生活習慣病予備軍を作り出したこともある。なるほど暫定自治政府はアルコール依存症対策を行なっているが、少なくともビチマに関しては自業自得の側面もある。

そもそも入植者にしても失業率は高い。麻薬は入ってこないとなれば、頼れるのは酒ってことだ」

「だとすると私の調査により、依存症患者が増える可能性は実際あるのか？」

「あのな、弁務官事務所だって遊んじゃいない。アルコール依存症の社会復帰プログラムもやっているし、酒の売買は弁務官権限で許可制になっている。そもそも他星系から輸入した酒類は数少ない富裕層でなければ飲めない、安価な酒の生産量は上限がある。野放図に依存症患者は増えたりはしない。

ダビラやバルバットがやめさせたいのは給与水準の上昇だ。自治政府の議員たちは商工業主なんでな。人件費の高騰は喜ばん。議員たちに喜ばれない施策というのは、代表選挙や議長選挙に影響する。単純な話だな」

地球や歴史の長い植民星系では、惑星規模の情報インフラが発達しており、それが市民の欲求を察知し、ＡＩ群が収集分析、為すべき政策のヴァリアントを政府に提示するようなことが当たり前に行われている。

しかし、ドルドラ星系をはじめとして、インフラが未整備な植民星系では、市民が議員を選ぶという代議制で統治が行われていた。コスト的にそれが一番安上がりと判断されていることと、小規模星系の社会問題は、どこも似たり寄ったりであるため、実行すべき施策もまた定番のものから選べばいいからだ。ただドルドラ星系だけは、定番の施策だけでは社会問題を解決できなかったのだ。

「もうわかってると思うが、ドルドラ星系の経済がかくも停滞している理由は、入植者がビチマという安い労働力に一世紀以上も依存してきたことにある。

他星系は教育投資や機械力の導入で、製品の付加価値を高め、内需を拡大し、生産性を上げてきた。

ところがドルドラ星系だけは、そうした方向ではなく、ただただビチマの労働強化で見かけの生産性を上げてきた。

君は、ビチマの言語の中でナクが最大の人口を持つのは知っているか？」

「あぁ、弁務官事務所の柳下さんから聞いた。それがどうかしたか？」

クワズは一つのグラフを仮想空間に表示する。ほとんどの線が横ばいか、微増傾向の中で、時代とともに四倍に増えているものがあった。

「エピータによると、いわゆるビチマには大きく四つの言語集団があったらしい。その中で理由ははっきりしないがナクを話す集団だけが、入植者の同化政策に効率的に取り込まれた。

つまりナクを話す集団が他の集団よりも積極的に入植者に協力することで、より多くの物質的な見返りを得ることができた。食料とか医療サービス程度だが、それだけでも人口増加率に影響される。

結果としてビチマの諸集団の中で、ナクを話す集団だけが、劇的に増大した。総人口五五万人中、二五万人がナクを話す。いまやナクがビチマ語と思われている」

ウマンは嘆息した。いままでクワズのような優秀な弁務官が、どうしてドルドラ星系などに派遣されたのかが不思議だった。そのクワズが友人だとはいえ、Aクラス調停官である自分の派遣を要請するに至っては、正直、調停官の無駄遣いとさえ思っていた。

しかし、いまの話でウマンは認識を改めた。この星系の慢性的な労働生産性の低さと、ビチマでナクが最大人口の言語となることに因果関係があったように、ビチマ問題とは単なる利害対立では解釈できない重層的な構造を持っているのだ。

クワズだから何とか逃げずに堪《こら》えているが、その彼だからこそ、自分に応援を求めてきたのだ。

「この問題に着地点なんかあるのか？」

ウマンはつい本音を友人に漏らす。

「それがどこかまだわからないが、あると自分は信じている。たとえばエピータだ。彼女は地球に留学し、博士となって戻ってきた。ただでさえ地球に留学する人間が少ないシドン社会で、ビチマが留学し、博士となって帰還した事実は、ビチマはもちろん入植者たちにも大きな衝撃を与えているんだ。

実をいうと入植者がビチマにもたらしたものは酒以外にもう一つある。男尊女卑思想だ。その面でもエピータが博士になって戻ってきたことは事件なんだよ。

いまビチマに限らず、若い世代に教育機会を与え、地球に定期的に留学させるプロジェクトが進んでいる。時間はかかるだろう。しかし、悪循環はそれで断ち切れるはずだ」

「最悪、ドルドラ星系を解体すると言っていた同じ人間の台詞とは思えんな」

「最悪の事態も想定するのが弁務官だ。だがそれだけじゃ駄目だ。思想家のアランの言葉を覚えているか？　気分の悲観主義、意志の楽観主義さ。最善の道を模索するのも弁務官の仕事だ。

この信念があればこそ、君を呼んだのさ」

「どういうことだ？」

意味を理解しかねているウマンにクワズは言う。

「君はAクラス調停官だ、だったら気分の悲観主義とは無縁じゃないか」

ルバレが手配した作業員たちの働きで、殺人事件現場を取り巻く土地の調査は著しく進んだ。一番の収穫は、墳墓にしては構造が中途半端な石壁の事件現場近くに、最大幅七〇

○メートルのかなり大きな河川の痕跡が発見されたことだ。
それは調停官が展開した合成開口レーダーの探査衛星により、大河の存在が疑われた場所だった。

「合成開口レーダーのデータによれば、この河川跡は現在のテベレ河と水源を同じくしています。なので発見された河川跡地を便宜上、旧テベレ河と呼ばせていただきます」

MSBドームの中で全作業員を前にそう説明するのは、弁務官事務所からの出向という形でウマンのスタッフになっている柳下恵だった。ウマンへの報告ではなく、作業員全体への説明という形なのは、彼らに自分たちの作業が全体の中でどういう役割を担っているのかを理解してもらうのと、広い意味での教育活動の一環だった。

ルバレやエピータの「ビチマは教育の機会を求めている」という話は嘘ではないようで、ほとんどの人間が柳下の姿に注目していた。作業員たちはドームの一階と二階にいたが、柳下自身は三階におり、複数の立体映像として作業員たちの前に立っていた。

「現地調査は行われておりませんが、衛星からのデータを読み取ると、現在我々がテベレ山脈と呼んでいる火山性の山系が短期間に急激な隆起を起こしたために、テベレ河の水系が変わり、旧テベレ河は干上がったと考えられます。テベレ山系は現在も小規模ですが活火山であるため、テベレ河の流れが再び変化することは十分にあり得ます」

「過去の変化はいつ頃のことですか？」

ウマンは確認する。実をいえば柳下からの報告は受けていたが、教育活動という観点で尋ねたのだ。

「河川が干上がり、その上に土砂が堆積しました。過去の観測データが欠如しているため正確には述べられませんが、堆積量から推測すると五〇〇〇年プラスマイナス五〇〇年の範囲です。これは衛星データによるテベレ山脈の推定隆起時期とも矛盾しません」

そして映像は、今度はエピータに変わる。

「残念ながら惑星シドンにおける考古学的な調査は、まったくと言ってよいほど手付かずできました。数少ない事例は建設工事などで偶然発掘された住居跡の類《たぐい》ですが、事例の絶対数が少ないことに加え、調査期間も一日、二日という短さであるため、学術的な検証に耐えうるデータはごく少ない。

それでも遺跡を破壊した時の工事記録が皮肉にも多くの情報をもたらしてくれました」

エピータがそう言うと、三つの立体映像が浮かぶ。それは直径八メートルほどの石のドームだった。マグマが冷えて固まる過程で、板のようになった火成岩をレンガのように積み上げたのである。

ドームの下には一辺四メートルほどの石室があった。その中に死体が安置されている。

ただ白骨化した死体は一〇体ほどあり、共同墓地の類にも見える。

「これらは一〇〇年近い昔に現在のサイリスタを建設していた中で発見されたものですが、内部の遺体をはじめとして、埋葬品がどうなったのか今日ではまったくわかっていません。

また都市が建設された後では、再調査もできないのが現状です。ただこれらの墳墓のような構造物は、比較的狭い範囲に作られたのは確かでしょう」

さらに映像は変わる。三つの墳墓は地図の上の点となる。それらはほぼ直線上に並んでいた。そしてその地図に現在のサイリスタの位置が重ねられる。さらに赤と青の二本の線がサメ湾まで続いていた。赤い線は墳墓の前を通過するように走っている。

「青い線は現在のラエ河ですが、これはサイリスタ建設の時に川筋を変えられています。赤線が川筋を変える前です。

まずこのような墳墓を建設するというのは、有力な一族もしくは集団と考えるのが合理的です。注目すべきは、死体の向きです。三つの墳墓の確認されている死体のすべてが、座った形で、顔を川の方に向けています」

立体映像は、石室の中で顔を川に向けるように正座した死体が、一〇体並んでいるものに変わった。

「サイリスタ建設の中では、別に三〇体ほどの死体が発見されています。こちらはさらに情報が少ないのですが、ぎりぎり死体が入る程度の穴を掘り、そのまま横たわった形で埋められています。これらの死体に関する資料は著しく少なく、おそらく捨てられたか、そのままサイリスタの建設工事が進められたと思います。

ただ数少ない映像資料によれば、これら埋葬された死体の向きには法則性はなく、掘りやすい場所に穴を掘って埋めたと思われます」

映像は再び変化し、共同墓場と墳墓の死体の比較となった。

「現時点での仮説として、この時代のビチマは、有力者の埋葬時には顔を川の方に向けて埋葬したが、それ以外の人間は方位を意識することなく共同墓地に埋葬されたということです。

あと、これは何を意味するかわからないのですが、墳墓の中で子供の死体は発見されていません。共同墓地についても子供や赤ん坊の人骨は数えるほどしかありません。

出産リスクや惑星環境を考えたなら、子供の骨はもっと発見されて然るべきなのですが。どこかに子供専用の墓地があるのかもしれません」

そして映像は殺人事件の現場となる。ただし死体は水平の石室の中で正座の形でいる。

それは柳下が先日再現したモデルだ。

「先ほどの建設現場から発見された墳墓三基と事件現場の石室には、興味深い事実があります。現在調査中のあの石室は、地下部分だけが墳墓と共通で、後は地上に円墳を建設されることなく、丸太を並べて土を被せるだけで終わっている。

一方で、死体は石室の中で一人だけ、顔を川に向けて安置されていた。こうした様式の違いが生じている理由については幾つか考えられます。

一つは墳墓の形式が変わり、より建設が容易なものとなった。あるいは逆に、あの石室型から、上に円墳を構築する形に進歩した。要するに時代的な変化です。しかし、サイリスタ建設時の記録を調べた範囲で、堆積土砂などから推定して三基の円墳と問題の石室の建設時期は、ほぼ同時代と思われます。つまり時代的な違いは仮説としては棄却される。

別の可能性として、サイリスタと石室が一二〇キロの距離の隔たりを持っていること。距離から生じた文化の違いである場合です。

しかしながら、この仮説も考えにくい。ビチマの伝承や、初期入植者の報告から判断して、ビチマは今日のような定住民ではなく、大陸内で居住地を変える移動民だった。

その移動範囲は正確にはわかりませんが、伝承を信じるなら、北から西はハイランド山脈、東はイズナ山脈、南はサメ湾までの、概ね一〇〇〇キロ四方の領域となります。山脈と海に囲まれたノエルリタと呼ばれる平原部です。

この領域を移動していたビチマにとって、一二〇キロの距離が有力者の埋葬形式を変えるほどの文化の相違を生むというのは疑問です」

ウマンはこれに対して疑問を投げかけた。報告を受けた時は気がつかなかったが、エピータの説明で浮かんだのだ。

「いいかな、移動民のビチマがこうした墳墓を特定の地域に建設することは可能なのか？　移動民とは居住環境の良好な場所を求めて移動すると思うのだが、そのような状況で、墳墓を建設するだろうか？　相応の労力が必要なはずだが」

エピータは驚いたようだったが、それは質問内容ではなく、調停官であるウマンが質問をしたためらしい。彼女は質問の意図には動じなかった。

「まず現時点で、ビチマの生活史について、移動民であった程度のことしか明らかになっていないことは認めなければなりません。

ただ移動民がこうした墳墓を建設することは、必ずしも矛盾ではないと指摘したいと思います。

まず移動民は常に移動していたわけではなく、特定の時期に、特定の場所で生活していました。したがって墳墓の周辺での定住時期が長ければ、建設は不可能ではありません。

建設作業中に発見された墳墓にしても、一〇体もの死体が安置されていました。長期間の使用が可能なら、この規模のものを建設するのは経済的だったかもしれません」

「なるほど、ありがとう。それで博士が考える石室についての、もっとも合理的な仮説は？」

「この仮説に少なからず私自身の願望が含まれていることは承知しておりますが、それでも無視できない可能性があると考えます。

それは、あの死体が伝説の大王であるイック・バンバラのものであった場合、多くのことが矛盾なく説明できるということです。

伝承によれば、大王イック・バンバラは対立する諸部族を統合し、自身が君臨することで、諸部族の対立を鎮静化させた。しかし、有力部族の長であるベスパ・キロンが大王の弟であるミサナ・バンバラを唆《そそのか》し、イック・バンバラは弟により後ろから斬り殺された。

その後、ベスパの後ろ盾を得てミサナが大王を継いだが、ナゴンの寵愛を失い、人々は苦難の放浪を強いられた。諸部族は再び混乱するが、〈エレモを狩る牙〉によりナゴンの寵愛は戻り、再び諸部族は平穏を取り戻した。

まず発見された死体は女性であり、後ろから斬り殺されています。これは伝承のイック・バンバラと一致します。むろんこれだけでは根拠は薄弱でしょう」

映像は再び旧テベレ河と石室の位置関係の表示に戻る。

「石室の死体は正座し、顔を河に向けていた。この埋葬方法は高貴な人物に対するものと考えられます。しかし、死体は墳墓ではなく、石室に納められていた、なぜか？

これは地球などの事例を参考とすれば、高貴な人物として尊敬はするが、支配者としては処遇しない場合の対応と解釈できます。ミサナはイックの禅譲ではなく、暗殺により指導者としての地位を掌握した。簒奪《さんだつ》が隠しようのないものであれば、イックは高貴な存在として埋葬する一方で、指導者としては埋葬しない、あるいはできない。このことがあの死体が墳墓ではなく、石室に埋葬されていた理由と考えられます。

信憑性に欠ける傍証ながら、あの石室が発見された理由も、あの場所に高貴な人物が埋葬されているという伝承を盗掘者が信じたことにあります。

そうしたことから考えるなら、石室に埋葬されたのは、指導者としては扱えないが指導者と同格の人物であり、暗殺された人物である。

伝承ではイック・バンバラはいまから五〇〇年前後昔の人物とされていますから、あの死体が何者であるかを問うた時に、最有力候補なのは間違いありません」

確かに伝承が正しいなら、石室や死体とは矛盾しない。ただ矛盾しないことは仮説が正しいことを意味しない。伝承が正しいかどうかを検証する物証が乏しいためだ。

「エピータ博士、仮に伝承が事実を反映したものとして、どうすればそのことを証明できると考えますか？」

「はい、調停官。まず、石室についての高い精度の調査が不可欠です。それがどのように建設されたのか、可能であれば建設時期を推測するための材料を集める。いまのところ客観的な物証は死体と石室しかありません。

それを前提にして、伝承ではミサナ・バンバラは指導者の地位を追われたものの、〈エレモを狩る牙〉により王として埋葬され、その事実により〈エレモを狩る牙〉は自身を後継者として即位したとあります。

この〈エレモを狩る牙〉という人物は、イック・バンバラとは別の部族集団を束ねていた族長で、通り名しか伝わっておりません。そのためもあってか、権力の継承には慎重だったらしく、ミサナの墳墓を建設したと伝承にはあります。

ただ肝心のミサナの墳墓がどこに建設されたのかははっきりしていません。伝承にある記述は、ミサナはイック・バンバラの石室の対岸には埋葬されないことを望んでいた、だけです」

「つまり対岸に無いことしかわかっていない？」

それはそれで貴重な情報かもしれないが、雲を摑むような話だというのが、ウマンの正直な感想だった。だが、エピータには考えがあるらしい。

「現在の調査範囲と、調停官から提供された衛星データからは、墳墓らしきものは旧テベレ河周辺では見つかっていません」

映像は立体地図になる。生憎《あいにく》と衛星データは、まだ惑星全体を観測するには至っておらず、映像で表現されている領域は限られていた。旧テベレ河周辺と石室周辺だ。

「限られた情報から結論を引き出す危険性は承知の上での仮説ですが、ビチマの伝承では河川が生活での重要な意味を持っていたようです。まぁ、飲料水の確保の一点だけでもこれは納得できることです。

移動民のルートはまだ分かってはおりませんが、河川を活用したと考えても不自然では無いはずです。

先ほど、〈エレモを狩る牙〉がミサナとは別の部族集団に属すると言いましたが、そうであればその集団の拠点なり縄張りもまた、別の場所と推測されます。つまりミサナの墳墓は旧テベレ河流域のもっと離れた場所。おそらくは衛星の探査範囲から離れた土地です。

ただし、少なくとも二つの部族集団が利害を共有していたからには、生活圏には重複部分があったか、少なくとも隣接していた。そうであればミサナの墳墓は石室の上流か下流いずれかの比較的近い場所にあったことが推測されます。おそらくはこの辺りに」

エピータは立体地図の中に、ミサナの墳墓の存在が予測される領域を赤線で囲った。

「それならば明日中に当該領域の衛星データが入手できる」

ウマンがそう語った時、エージェントのジャンヌが衛星データの最新の解析結果を通知してきた。それはいまの議論とはかなり離れた場所であったが、その内容は重要だった。

「エピータ博士、いま私のエージェントから衛星データの解析結果が出た。旧テベレ河の川岸近く、石室から六キロほど上流に有機物の塊が埋まっている。AIの解析が正しければ、それは木造船だ」


「調停官にはどれだけ感謝すればいいかわかりません。あなたがいらした数日は、この一〇〇年停滞していたビチマ文化の研究を著しく進めてくださいました」

問題の船が埋まっているらしい場所まで、ウマンとエピータは中型のSUVで、他には探査機材を搭載したトラックが向かった。本来の調査対象である石室の死体とは直接の関係は薄いと思われたが、ビチマがかつて船舶を利用して河川を移動していたという物証は、その精神文化の高さを裏付けると思われたためだ。

入植者の通念としてはビチマは宇宙船の遭難以降、技術文明をすべて失い、退化した人類という認識であった。それが彼らの差別意識を正当化していた。

そのためビチマの精神文化の高さを証明する物証は、少なからず反感を買うリスクはあった。しかし調停官としては、そうした事実があるとした時、それを無視するリスクの方が遥かに大きいと考えていた。

ともかく物証を元にした事実を積み上げること。それがすべての作業の前提となる。ウマンの弁務官から調停官になるまでの経験則だった。

「しかし、博士はどのように伝承を知ったのですか？　やはりビチマの間での口伝によるのですか？」

ウマンは文化人類学の通常の方法論を念頭に質問したのだが、エピータの返答は予想外のものだった。

「口伝はもちろん収集しています。ただ注意しなければならないのは、ビチマの口伝とされるものが、少なからず入植者が持ち込んできた他星系の伝承であることです。

極端な話、シェイクスピアをモチーフにしていることさえありました。私自身、両親から聞かされていたビチマの伝承と同じものを地球で聞いたことがあります。もちろんビチマの伝承と信じるに値するものもありますが、同化政策により多くの伝承が消えました。ただ、すべてを同化政策のせいであるというのも一面的だと私は考えています」

「というと？」

ビチマ出身であるエピータから、そうした意見が出るとはウマンも意外だった。

「シドンの市民は、強者としての入植者がビチマという弱者から独自文化を奪ったと考えています。大きな枠組みとしては入植者が強者であったのは間違いでは無いでしょう。しかし、すべてではない。

どういうことかといえば、ビチマ社会にも利害対立があり、政治が存在したという事実です。これは当然でしょう、ビチマも人間なのですから。

だから入植者がやってきた時も、ビチマの内部に入植者を排斥しようとした勢力もあれば、入植者の力を借りて自分たちの政治力を強くしようとした勢力もあった。むろん日和《ひよ》見《み》を決めた集団もいた。これは事実です。

こうした状況で、ビチマは一丸となって入植者と対峙することができず、最終的に入植者に奴隷同然に扱われることとなった。それでさえ、すべてのビチマが同じ扱いを受けたわけではなかった。ビチマの中にも政治があり、対立があったのです。

ビチマの複数ある言語の一つでしかなかったナクが事実上のビチマ語と認識されているのも、主たる理由はそこにあります。ビチマ間の政治の結果です」

ウマンは少なからず衝撃を受けていた。無知とはいえ、そうした視点でビチマを見ていなかったためだ。

「入植者の中には、ビチマを奴隷同然に扱ったことを正当化する意見があります。劣った存在であるビチマを文明化したのだと。

一方で、初期入植者によるビチマの奴隷化を非難する最近の入植者グループにしても、その前提は優越した初期入植者が劣等人種のビチマを奴隷化したという認識でしかない。過去を正当化するにせよ、否定するにせよ、入植者の大半はこんにちに至るも、ビチマを自分たちより劣った存在であるとする意識からは一歩も出ていない。劣った存在という意識があるからこそ、人権を認められなかった時でさえビチマの各集団の関係性の中に政治が存在し、時にそれが入植者社会の行動に影響したという事実を見ないわけです」

「しかし、エピータ博士はそうした事実をどのようにして調査できたのです？」

ウマンは、統合弁務官事務所が所蔵する以上の情報をエピータがいかにして手に入れられたのか、それが気になった。ビチマ問題ではなく、弁務官事務所の情報収集能力に関わるからだ。

「多くはレンド・フックス弁務官の収集した映像記録によります。地球の行政学院に学べる人間なら、資料閲覧についてもかなりの自由度が得られますから。

そしてフックス弁務官の収集した映像資料はほとんど活用されていません。理由はわかります。それら資料は初期入植者たちが、ビチマとは如何に愚かな動物かを証明するために撮影したものだからです。偏見にまみれた映像資料だからこそ、多くの研究者から資料価値がないと判断されたわけです。ただ撮影者の偏見が強かったことが、私にとってはプラスに作用しました。彼らは自分たちの偏見を証明する映像を得るために、それに数倍する無駄なカットを撮影していた。その中に、当時のビチマのありのままの記録が数多く残っていた。

さらにフックス弁務官により、完全ではないものの、多くの伝承や口伝の映像資料が残っていました。それがあったからこそ、私はイック・バンバラの伝承を完全な形で知ることができたのです」

ウマンはこのことをどう解釈すべきかわからなくなった。ドルドラ星系におけるビチマ問題がこれほど複雑化してしまったのは、元を正せば最初の弁務官であるフックスが初期入植者に妥協する形で、ビチマを人間ではなく家畜と同類に扱ってよいと裁定したためだ。

その判断は致命的な過ちと言ってよいだろう。ただすべてをフックス弁務官の責任に帰すのも片手落ちだ。彼の過ちを認知しながら歴代の弁務官は、弁務官裁定を覆《くつがえ》すことを拒否して問題をより悪化させたのだから。

しかし、その一方でフックス弁務官が可能な限り集めた映像記録によって、同化政策前のビチマの姿をエピータは知ることができたのだ。それで彼の失敗が帳消しになるものではない。おそらくはフックス弁務官個人が自身の失敗の償いをしようとしたのかもしれない。

ウマンが知る限り、フックスは平凡な弁務官として退職後も企業で平凡な役職に就いたらしい。世間的には成功した人生であっただろう。だが彼は自身の致命的な失敗を知っている。

そのフックスが平凡な弁務官の人生を貫いたのは、弁務官の権威と無謬《むびゅう》性を守らねばならないと考えたからだ。それは彼自身の良心の呵責《かしゃく》よりも強かったのかもしれない。とはいえ過ちを認めないと決めた人間の葛藤については、ウマンにしても推測の域を出ないのだが。

それよりもウマン自身が感じるのは、調停官という立場での采配のミスは、個人として何をしようとも、挽回はできないということだ。エピータを前に、彼はそのことを肝に銘じていた。

「フックス弁務官の残した記録で、ビチマ文化はほぼ復活できるのですか？」

「それは誤った質問だと思います。わかりやすい事例として、言語について説明します」

エピータは調停官を前にはっきりとそう断じた。

「映像に残る文化は記録できても、映像に残らない文化は失われます。たとえばビチマには本来は大きな言語集団が六つあり、それぞれにサブクラスが幾つか存在し、全体で一八の言語グループが存在したことは伝承などからわかっています。それはフックス弁務官の資料でも確認できています。

しかし、現存している言語グループは同化政策の影響もあって、四つだけです。残り一四の言語については使われておりません。なんとかその中の八言語グループは復活の目処《めど》が立っていますが」

「それは話者が残っていたとか?」

「いえ、会話型AIにビチマの言語体系をすべて学ばせ、現在使われている四言語グループとフックス資料から、失われた少数言語の中で、構造の再現が可能なものをAIに再生させているのです。ルバレのコミュニティセンターで行われている事業の一つです」

あの老朽化した集合住宅の中で、そんな事業が行われていたとは。調停官が社会のすべてを知る必要はないとはいえ、やはり大きな見落としという感は否めない。

「ですから、映像資料だけで言語の完全復活は不可能でしょう。少数言語のAIによる復元にしても、ビチマの言葉によく似た新言語というのが公平な評価かもしれません。

そして調停官の質問が誤っている理由は、失われたビチマの言語をAIにより再現する事業がコミュニティセンターで行われているという事実にあります。

我々は言語の復活を行うと同時に、いま生きているビチマにとっての新言語を作り上げている。それがビチマのみならず入植者の社会に浸透したとして、そこに生まれる文化は、過去のビチマ文化の単純な複製でも再現でもありません。

ビチマ文化をどうするか？　それはいまこの社会で生きているビチマ自身が主体的に決定することであると私は考えます。そもそもすでに都市部での定住民となっているビチマが、移動民だったビチマの文化をそのまま生活の中に取り入れるのは無理ですし、ナンセンスでしょう。

それでも入植者が現れる前のビチマの文化を可能な限り明らかにするのは、我々のアイデンティティのためであると同時に、いま、そして未来を如何に生きて行くかを自分自身で決定する判断材料とするためです。

私はビチマの一人として、シドンのいまを生きる人間のためのビチマ文化を作り上げたいと思っています」

ウマンはエピータの話に調停官としてではなく、一人の人間として感動した。だからこそ、彼は確認しないではいられなかった。

「我々の同化政策はあなたのビジョンにとって障害になるのでは？」

エピータは、自身のビジョンを調停官が思った以上に理解してくれたことに驚いたようだった。そうでなければこの質問はなされない。しかし、彼女は動じなかった。

「いわゆるビチマもそうですが、シドン市民の大半の人が、ビチマの意味を部族名と誤解しています。

ビチマとは、遭難したコスタ・コンコルディアの子孫たちが、この惑星シドンの自然の中で生きて行くための、道徳律あるいは哲学を共有している人間を言う言葉なのです。あるいは道と言えばおわかりいただけるでしょうか？

我々はビチマとして新たな文化を構築し、ビチマとしての道を追求する。我々が主体性を持つ限り、同化政策は障害にはなりません」

「あなたは、強い人だ、エピータ博士」

それがウマンの嘘偽りない感想だった。その理念を実行するのは、決して容易ではないだろう。そしてエピータの返答は明快だった。

「それがビチマですから」

5 住居群

船が埋まっていると思われる旧テベレ河の跡地を地中レーダーで計測した結果、確かに全長一五メートル、最大幅四メートルの木造船らしきものが埋まっているのがわかった。ただ船体は少し変形しているようで、どうやら座礁するか何かして河の中央の深いところに沈没してしまったらしい。全体に平たい形状なのは、浅瀬に乗り上げやすいことと、積載量を確保するためと思われた。

さらに地中レーダーは幾つかの金属反応を認めていた。どう考えても、これは入植者が持ち込んだものではない。つまり古代のビチマが河川交通に用いていた船ということになる。

ウマンはネオ・アマコのミラージュから搭載していたドローンを飛ばし、この川船の発掘現場上空を警戒するようＡＩに命じた。万が一にも何者かに破壊されないためと、調停官として発掘工程をすべて記録するためだ。

発掘の手配などをエピータに委ね、ウマンは一度、ネオ・アマコへ戻ることにした。クワズ弁務官や暫定自治政府の人間とも対面で会う機会を作るべきと考えたためだ。市民の多くから調停官がビチマ偏重と思われるのも面白くない。

とりあえず護衛の球形ドローンを従え、ウマンは単独でＳＵＶに乗り、ＭＳＢへと戻った。川西チセロとも打ち合わせる必要があるからだ。

だが到着したウマンは意外な光景を目にした。チセロが一人の若いビチマ作業員を激しく叱責していたのだ。仕事のミスでもしたかと思ったが、作業手順の講習段階で、これほど叱責されるようなミスが起こるとは考えにくい。

チセロはナクで若者を叱責していたので、何が問題かは聞き取ることができない。エージェントによると、若者はダグラス・クローバーというビチマであるらしい。

ただ、叱責されているダグラスの様子もおかしい。ちゃんと立っていられないように見えた。一番近いのは酔っ払いだろう。ただビチマはアルコールを効率的に分解できない体質なので、飲酒量はそれほどではないだろう。

そもそもこの施設の食料品に酒類は含まれていない。惑星シドン全体で飲酒が認められているのは特定の店舗だけで、しかも市民の入店は制限されていた。

これはアルコールに弱いビチマだけでなく、依存症の入植者も対象であった。そういう状況なのでこの施設に酒はないはずだった。

ウマンの存在に気がついたのか、チセロが叱責を止めて何かつぶやくと、ダグラスは立ち上がり、宿舎の方におぼつかない足取りで戻った。

「何があったんですか？」

「飲酒は御法度《ごはっと》だというのに、どこからか酒を手に入れて、あの体《てい》たらくです」

「どうするんです？」

「解雇ですよ。契約違反だし、ここで働きたがってる真面目な連中はたくさんいるんです。それに、給金を全部自分の飲み代に使っちまうなんて、アナンケだってやりませんや」

契約違反というのは間違いないし、現地人スタッフの雇用に関してはチセロに権限を委ねている。ただ、ダグラスの解雇はそれだけではない背景がある気がした。

ウマンは、ＭＳＢからネオ・アマコまではミラージュを呼ぶつもりだったが、クワズからは迎えにティルトローターを寄越すとの返答があった。発掘現場周辺のＣ２は現場の拡大に伴い、三体に分離して周辺の警戒にあたっていたが、暫定自治政府からは「調停官の過剰防衛への懸念」が弁務官宛に出されているという。

首都から一二〇キロも離れた調査現場を監視に来ているらしい車両は、ウマンも知ってはいた。しかし、監視者たちは決まった時間になると首都に戻り、それ以上の行動も認められないため、彼としてはそのまま放置していた。ドローンの分析から、問題の車両が暫定自治政府の建物から出ていることもわかっていたからだ。

ただクワズは弁務官としての判断から、これ以上の武力の誇示は避けるべきと考えているようだった。C2を展開しろと言ったのはクワズの側だったが、「殺人事件の円満解決」のための調査が、ビチマの伝承の正当性や精神文化の証明に向かっていることに、多少の軌道修正を行う必要性を感じているらしい。ビチマの精神文化の存在を示すのはクワズも了解していたことだが、事態の進行が予想以上に早いことが、入植者との新たな衝突を誘発しかねないことを懸念しているのだろう。

ウマンとしてはネオ・アマコに戻れるなら手段にこだわるつもりはなかった。ただティルトローターが到着するまで時間があり、それまでの間、執務室で今後の展開を考えていた。

ここまでの状況を整理すれば、最初こそ殺人事件として、虐殺があったかどうかの検証という形で事実関係の調査が始まった。しかし、それすらも歴史的な事実を捻《ね》じ曲げようとする一つの意思の表れだった。

真にウマンがなすべきこと。それはビチマの正当な歴史の解明にある。調停官の権限更新により事実関係を洗い出し、ビチマに対する偏見を歴史的事実を根拠に正す。それが自分がいままでやってきたことだろう。

じっさい船の発見など短期間で大きなものが動きつつある。ただ多くの事実が明らかになれば、どういう形にせよ、その反動は避けられまい。それがどんな反動であるにせよ、星系社会の解体という荒療治よりは穏やかなのは間違いない。

つまりクワズはその反動を予想していたからこそ、調停官のウマンに応援を頼んだということか。

そうしていると球形ドローンが、チセロたちがトラックでどこかに向かう光景を報告してきた。トラックの荷台には男女合わせて二〇人近いビチマが乗り込んでいる。ここから一二〇キロ離れたサイリスタに戻るには、いささか不適当な乗り方だ。

しかし、その時ウマンはそれ以上は気にも留めなかった。しばらくしてティルトローターが到着し、ウマンは乗り込んだが、球形ドローンはティルトローターを警護するために並走していた。

自動操縦のため、機内はほとんどすることのない操縦員とウマンだけだった。ティルトローターがMSBからしばらく道路に沿って飛行していると、チセロらのトラックが見えた。

「ちょっとここで静止できないか？」

「すぐできます」

操縦員がティルトローターをその場で静止させ、ウマンはドローンをチセロらのトラックに向かわせる。

チセロたちは裏道に入っており、そこにはすでに一両のトラックがいた。そしてチセロたちは、手に棒のようなものを持ったまま荷台から飛び降り、それを包囲する。

そうして数人のビチマがトラックから三人の人間を引き摺り出した。服装からは彼らが何者かはわからず、エージェントが検索しても身元は非公開とされている。

ウマンの権限なら、それでもエージェントAIを使って彼らに身元を開示するよう命令もできるが、そこまでする必要は認められなかった。根拠もなく権限を振り回すような真似は、権限を持つ立場だからこそ慎重でなければならない。

だが事態は進んでいた。引き摺り出された三人は、殴られこそしなかったが、集団から罵声を浴び、さらに荷物を徹底的に破壊され、さらに車両も電流でも流したのかモーターから煙を出し、作動不能とされた。

ウマンはさすがに放置もできず、球形ドローンの高度を下げる。チセロたちはそれに気がつくと、三人を解放し、そのまま自分たちのトラックに戻った。

ただ彼らは不法行為を働いているという意識はないらしく、トラックに乗るのも逃げるわけではなく、作業が終わったかのような態度を見せた。チセロに至ってはドローンに向かって手を振った。

ウマンは再びドローンを上昇させ、ティルトローターと合流させた。

「君はいまの出来事が何かわかるかね？」

ウマンは操縦員に尋ねる。

「いまのですか？　あれは酒の売人を袋叩きにしていたんじゃないでしょうか。酒は決められた場所でしか販売できない規則ですけど、罰則規定が緩いのであんなふうに密売しようとする奴も出てくる。

発掘現場では売れないので、手前までトラックで進出して、あそこで売買するわけですよ。ここの労働単価は高いから、業者にすれば作業員は上客ってわけです」

操縦員は自分の席から、そう返答する。それはどうやらシドンでは常識だったようだが、ウマンは初めて耳にする話だった。もっともこのレベルの犯罪は現地警察が何とかすればいい話で、調停官が知る必要のない事項なのも確かだが。

「業者というのは入植者なのか？」

「さぁ、そこまでは自分にもわかりません。ただアナンケが売ってるという話は耳にしたことがあります」

「アナンケが業者か」

操縦員の話だけで酒の密売人はアナンケと決めつけるのは危険だろう。ただアナンケの名前が出るからには、何らかの関係性はありそうだ。

特にウマンが気になったのはチセロたちの態度だ。彼らには悪いことをしているという意識がまったく見られなかった。酒の密売をする相手には、私刑も許されると言わんばかりだ。

それは非常に気になる部分だが、ウマンは当面は不問に付す。やはりこんなことにまで調停官が介入すべきとは思えないからだ。ただクワズには伝えるべきだろう。

だが予想すべきことではあったが、クワズはすでにこの問題を知っていた。

「酒の密売に関しては基本的に暫定自治政府の管轄で、弁務官事務所としては介入していない」

クワズは執務室でウマンを前にそう説明する。ウマンも、酒の密売程度で弁務官が介入しないというのは理解できる。だがクワズが不介入なのは、それだけが理由ではなかった。

「ビチマへの酒の提供というのは同化政策に直接関わる問題なんだ。すでに知ってると思うが、ビチマ文化に飲酒の習慣はない。悪癖として、飲酒がビチマに広がったのは、同化政策の結果だ。

むろん依存症の治療プログラムは公衆衛生の問題であるから、弁務官事務所の事業の一つとして行なっている。

問題は依存症治療の後で、社会復帰する方法が一筋縄ではいかないということだ。支援団体一つとっても、ビチマ主体、入植者主体で分けられ、それぞれに地域ごとの支部がある。さらにこれらとは別に、低賃金の労働力目当ての業者も幾つかある。厄介なのが、これらの団体の相剋や集合離散があることだ」

「暫定自治政府のダビラやバルバットが言ってることとは随分と違うようだが」

ウマンの指摘にクワズはデータを示そうとしてエージェントに何か言おうとしたが、すぐに止めた。

「彼らの言ってることも誇張はあるが嘘じゃない。依存症の治療プログラムを請け負っている団体は幾つかあって、補助金で運営されているのも事実だ。しかし、これは産業が貧弱なシドンにおいては公共事業の側面もある。以前の陳情でバルバットが、調停官の予算で社会保障費を出せと言っただろ」

「あの発言にはそういう背景もあったのか」

「私はこの惑星の弁務官だよ。それくらいは調査してる。ビチマ問題を解決しない限り、この惑星の経済発展はない。しかし、問題解決のためには社会資本の拡充が前提条件となる。だが自分たちには金がないとなれば、弁務官からの予算を増やすしかない。調停官がいるならそちらからも、となる。

別に彼女を悪くいうつもりはない。現場ではそれが一番現実的だ。そして予算を引っ張ってこられるうちは、暫定自治政府も支持される。

話が逸れたが、ビチマのアルコール依存症の治療や社会復帰プログラムの多くは、ビチマ以外にも門戸を開いている。そして入植者社会に復帰するより、アナングとしてビチマへの同化を選択する市民も増えている。

でだ、惑星シドンの弁務官としてはどうすべきか？　ビチマに同化する入植者が増えることは、長い目で見れば社会にとって望ましい。

だが、短期的には弁務官の行うべき同化政策とは正反対だ。地球圏市民への同化ではないからな」

地球圏の同化政策とは、基本法の理念を共有することで、すべての植民星系が同一の価値観を持つことを目標としている。ただそれは全体主義を意図してはいない。基本理念は人権の尊重であり、生存権の保障などである。思想信条の自由もまた保障されている。

そもそもどこの植民星系も、知性体は人類だけで、それも雑多な地域の出身者であるから、植民社会を建設して、自治を認められる段階で星系独自の文化が市民により作り上げられ、発展することになる。

だがドルドラ星系だけは違う。ここには植民前から、同じ人類とはいえビチマが三〇〇〇年にも及ぶ独自文化を構築していた。つまり人類の植民星系は、ドルドラ星系で初めて先住民族・先住文化問題と遭遇したことになる。

レンド・フックス初代弁務官の失政の根本も、この前例のない事態に遭遇した点にあるだろう。それでもビチマが蒸気機関の一つも動かしていれば話はまた違ったのだろうが、入植者との遭遇時に彼らは技術文明の成果をすべて失っていた。このため入植者も弁務官も、ビチマ文化の存在を無視するという安易な選択をしてしまったのだ。

しかし、クワズの話を聞いて、ウマンは疑問が浮かんだ。

「そこまでわかっているのに、君は最悪の場合にはドルドラ星系社会を解体するというのか？　アナングが増えていると言っていたが、そうした人たちはどうなる？」

「アナングの存在を無視するところまで追いつめられたら、それこそ最悪じゃないか。最悪にしたくないから君を呼んだのさ、ウマン。

自慢じゃないが、このクワズ・ナタールさんは弁務官としては一流と評価されてきた。その私がAクラスの調停官を呼んで、このビチマ問題解決の道筋をつけようとしている理由がわかるか？　これは統合弁務官事務所の意思でもあるんだ」

「どういう意図なんだ？」

ウマンは尋ねる。それに対するクワズの返答は、予想もしないことだった。

「人類はいまだに異星人や人類外文明に遭遇していない。しかし、生命が存在する惑星がこれほど広範囲に存在する事実を考えるなら、人類はいずれ人類以外の知性体と遭遇する。だが人類にはそうした事態に対処できる準備は何一つできていない。ビチマ問題をどう解決できるか、それは人類の将来を左右する経験であり、事例となる」

「ビチマも同じ人類だろう」

「知性体としてはそうだ。だが惑星シドンの過酷な環境で生まれた彼《か》の人らの文化は、地球圏の文化とはあまりにも異質だ。
つまり文化だけを見れば、ビチマは異星人と同じなんだよ」

それをクワズから聞かされた時、ウマンは友人こそが異星人になったような気がした。

「言っちゃえばね、大半の人間にとっちゃ、私なんか他の土地からやってきた人間だからね」

ステリング・ルバレはそう言うと、しばらく何かを考えていた。それはウマンの提案を咀嚼《そしゃく》しているようにも見えた。

ウマンはその時、柳下の案内でシバナンダ・コミュニティセンターにルバレを訪ねていた。合成開口レーダー衛星からの観測データが集まったが、その結果は興味深いものだった。ビチマの遺跡である可能性を持つ構造物が幾つも認められたのだ。

ただその結果を元に新たな調査活動を行うには、エピータとも相談し、優先順位をつけねばならない。さらに調査のために、いまよりもさらに数百名を増員する必要があった。それどころか必要なら学校の建設さえウマンは考えていた。そうやって専門知識を持った人材を養成する必要があるほど、調査すべき候補地が発見されたのだ。

ウマンの考えに対して高等技官の柳下は、ビチマだけで必要人数が集められるか懸念を述べていた。安定した雇用先があるビチマもいるためだ。一時的な優遇策でそうした雇用バランスを崩すのは入植者側の反発を買うだろうと。

だがウマンには代替策があった。クワズからのデータを元に、アナングを中心とした雇用を考えていたのだ。

「そう、他所者《よそもの》なんだよね」

ルバレは繰り返した。

「難しいことでも？」

「まず何人が必要なんだい？」

「五〇〇人だが、基本的な作業スキルを学ぶのに一ヶ月は必要だから、教育機関を作り、順次現場に送ることになると思う。だから当面は一〇〇名の募集かな」

「なるほど。難しい話じゃないよ、人数だけならね。難しいのは調停官のいうアナング中心というところさ。

自分も最初の頃はわからなかったから、調停官が何を誤解しているかわかる。まずね、ビチマって単語の問題。考えれば当たり前だけど、植民が始まる前、ビチマとは人間を意味していた。何しろ自分たち以外に人間はいないんだから。

そこに入植者がやってきて、連中はビチマを人間のうちに数えなかったから、人間とは別の存在としてビチマという集団が生まれた。そしてこの状況の中で同化政策が行われた。

エピータの受け売りだと、入植前の惑星シドンには言語で一八、部族集団では大きな四つの集団があった。これらの集団はそれぞれ異なる文化を発展させていた」

「それは今日も？」

ウマンがこの時感じたのは怒りだったかもしれない。ビチマの中に複数の部族集団と言語があったという基礎データさえ、弁務官事務所には整理されていなかったのだ。

「どうだろうね。四つなのかどうかはわかんないけど、こいつら文化違うなってのは幾つかあるね。入植者にすっかり同化したシドン市民という立場の集団もあるし、都市部とは距離を置いてる集団もいる。その両者を繋いでいる集団も別にいる。

だからね、ビチマの解釈も集団で違う。入植者とは異なる存在という意味でビチマを使うところもあれば、部族集団の総称という立場もあり、昔ながらの人間の意味もあれば、面倒だからどうでもいいってのもいる。ついでにいえば現在のビチマの部族集団の数もグループごとに異なってる。ビチマは一つの部族という奴から、職業が違えば部族も違うという意見の奴もいる。その辺の認識さえ意見は一致していないのさ。

クワズ弁務官もこの辺のことは知ってるよ」

「クワズが？」

それは今日一番の驚きだった。ただ彼がウマンに意図的に隠していたとは思えなかった。

「弁務官は認識しているが、行政実務には反映させないってことらしいよ。ビチマの定義が当事者間でこれだけ違うのに、それらを対象とした規則なんか制定できないじゃないか。

それでさ、想像はつくと思うけど、アナングがビチマと価値観を共有できる存在というのは言葉通りでも、肝心のビチマの定義が定まっていない。つまりはアナングの定義も不確定だ。そしてここが重要なんだけど、この曖昧さというか多様な定義が、アナングとされる人たちに社会的な居場所を保障してるんだ。定義の厳格化は、メリットよりも弊害の方が大きいのさ。

だから調停官が考えているアナング募集といっても、やってくる者の中には思っていたのとは別のタイプの人間も含まれることになる。あぁ、喋りすぎたら喉渇いたね、コーヒーでいいかい？」

「かまいませんが、他に何かあるんですか？」

「フルカッツェとかザバスも出せるけど、地球圏からの人にはお勧めしかねるね。私もシドンに来てザバスを飲まされて最初の一ヶ月は、トイレの中で死ぬと思ったわよ。毒じゃないんだけど、腸内細菌叢が激変するのよ。嫌だろそれは」

そうして数分後にトレイにコーヒーカップを載せて一人の若者が現れた。その彼にウマンは少なからず驚いた。

「君は、ダグラス・クローバーじゃないのか？」

若者はトレイを落としそうになったが、それをルバレが受け止め、彼女はナクで「戻っていい」というようなことを言ったように思えた。

「よく覚えてるわね、調停官」

「仕事柄です。しかし、彼はチセロからアナンケとして追放されたのでは?」

「いまの話の続きよ。みんなアナングを、ビチマの価値観に染まってビチマに同化した他所者と考えている。たしかに私もそうだけど、それだけじゃない。

たとえばクローバー。彼はチセロによって集団の中から追放されアナンケとなった。植民者がやってくる前のビチマ社会でもアナンケは存在した。では、アナンケとなったなら自然界で野垂れ死ぬのか? 答えはノーなのよ。ある部族でアナンケとなった人間でも、更生して別の部族の一員として迎え入れられることがある。この過程こそが本来のアナングなの」

「つまりアナンケが社会復帰するための過程をアナングと呼ぶわけですか?」

「本来の意味はね。なぜ他部族かといえば、部族集団ごとに価値観が違うから、一つの集団ではアナンケでも、別の集団ならアナングとして受け入れられる可能性が高いから」

「しかし、飲酒は入植者がもたらしたものならば、チセロがそれを理由にクローバーを追放したのはなぜです? 飲酒がタブーというのは近年の文化ですか?」

「それは違う。クローバーがアナンケになったのは、給料を全部、自分の飲み代に使ったから。本来なら給料は家族や仲間に分配すべきもの。それが集団によらずビチマ共通の価値観なの。

そしてクローバーはここで働き、その給料を家族に分配することで、アナングとして再び家族に受け入れられるチャンスを摑むってわけ。さもなくば別の集団で、どこかの家族の一員となるかね。

これもエピータの受け売りだけど、ビチマの部族集団と言語集団が必ずしも一致しない理由は、部族間の追放と受容のサイクルにあるだろうって。ビチマの言語が一八種類あると言っても、元は同じ宇宙船の乗員だもの、意思の疎通は可能なのよね」

クワズ弁務官はどうしてこうした事実を報告しないのかと疑問だったウマンだが、ルバレの話を聞いてわかってきた。一つにはビチマ文化は予想以上に複雑な構造を持つため、未だに報告段階にないというのがあるだろう。

だがそれ以上に大きいのは、従来の植民星系では一般的だった同化政策が、惑星シドンでは通用しないと確信しているからではないか。地球外文明とのコンタクトのための予行演習とクワズは言っていたが、あの発言は思った以上に重要なものであったようだ。

「アナングとして受け入れてる中には入植者だった人間も少なくない。ただ彼らがビチマの何某《なにがし》かの部族社会に帰属するかというと、それも難しい。依存症で行く場所がなくて、ここにアナングとして受け入れられ、治療が終わって元の社会に戻る人間も多い。

だからチセロが追放してアナンケとなった人間を、私がここで受け入れるというのは矛盾するように見えて、矛盾はしないの。これは一連のプロセスだから。

ってなわけで、アナングで作業員を募集すると、いわゆるビチマ以外の人間もやってくる。それでもいいかい？」

「本来の意味でのアナングということなら問題ない。アナンケをアナングにするというのは、本来ならば弁務官の仕事だからな」

現場近くの荒地にはミラージュが輸送機として着陸していた。直接やってきたのは弁務官事務所での作業経験もあるビチマ作業員二〇名と柳下恵である。そこと旧テベレ河で埋もれていた船の発掘の指揮をとっているエピータは、必要な時には仮想現実で情報共有ができるようになっていた。

ウマンは作業員とは別に軌道上のクレベから汎用ロボットGPR（general purpose robot）を一〇体降下させていた。それは身長一メートル半ほどのヒューマノイドで、偵察巡洋艦クレベのメンテナンスなどにウマンは活用していた。

クレベ内部のロボットは用途に特化した形状が大半だが、ヒューマノイドのような汎用機も必要なので少数が運用されていた。

ウマンが球形ドローンを惑星で使用しているのは、そちらの方が使い勝手が良かったためだ。それに弁務官事務所や調停官のロボットは、とかく戦闘用ロボットと勘ぐられる傾向があった。このためGPRのようなヒューマノイドを多用すると、ロボット兵と誤解されることが多かったのである。

そんなヒューマノイドを投入するのは、今回の調査対象が特殊であるためだった。

彼らがいるのは首都サイリスタから東に四五〇キロ離れた、イズナ山脈の一部を成し、海にも近いヤノマミ山という死火山だった。いまそこでは地中レーダーを装備した荷車ほどの大きさのロボットが探知作業を続けている。

「実は私も数年前にこの地域を調査したことがあります。弁務官事務所から飛行機を借りて画像分析を行なった程度ですが、結果は芳《かんば》しいものではなく、遺跡らしいものは見つかりませんでした。

ただ確かに伝承では、ここはビチマすべての部族でアラオナと呼ばれていた場所と一致します。海岸に近く、イズナ山脈近くという位置関係が曖昧な記述なので、そこまで確信はなかったのですけど、数年前に訪れたのはここです」

エピータは珍しく、ウマンたちの発見に興奮を隠そうとしない。

「そちらの状況は？」

ウマンの問いかけに、エピータは地中レーダーのデータを示す。発掘中の船の中には、湾曲した丸太のような物が幾つも見られた。さらに小さいが何か強い反応もあるようだった。

「どうやらこの船はエレモの骨を運んでいたようです。それを加工した道具はいくつか発見されていますけど、まとまった数を輸送している点で大規模な加工場の可能性を示唆していると思います」

「エレモの生態についてもわかるだろうか？」

それは優先順位は高くないものの、ウマンがずっと疑問に思っていたことだ。惑星シドンの環境やエレモの生態に関する調査は、人口の少なさもあってほとんど手付かずだった。このためウマンも弁務官事務所のデータにアクセスしたものの、満足のいく情報は得られなかった。

最大の謎は、惑星シドンの生態系の中で、エレモがどういう道筋で進化したのかという問題だ。ビチマがエレモを狩っていたのはわかっているが、そのエレモは何を食べていたのかさえわかっていない。

ウマンがそんなことを気にするのは、エレモが生存していた期間が重要だと思うからだ。寒冷地の動物が巨大化し、体積を大きくすることで相対的に表面積を小さくし、恒温性を維持することは十分あり得る。じっさいエレモの想像図でも、その姿は表面積の小さな球形に近かった。

ただ惑星シドンに類縁動物はなく、そもそも大型動物が稀だ。エレモは突然変異で大型化した動物であったが、シドンの環境には適応しきれず絶滅したのが現実ではないかとウマンは考えていた。

そうなるとビチマはエレモを狩ってはいたものの、重要な食料資源になるほどの個体数も生存期間もなかったのではないか？　つまりビチマの食料資源は別に考える必要がある。

「エレモの生態についてはあまり重要な知見は得られないと思います。どうも運ばれているのは大腿骨か何か、大きさが揃った骨だけが選ばれているようですから」

「仔エレモの骨はなさそうか」

「残念ながら」

エピータの関心は他にあるのか、言うほど残念そうには見えなかった。

「それより重大なのは、これです。慎重に発掘することが求められますけど、金属の塊があります。レーダー反射波のデータベースでは、青銅と思われます。宇宙船コスタ・コンコルディアに青銅は使われておりません。つまりこれはビチマによって作られた青銅器の可能性が高いです」

「金属器を作り上げたか……」

エピータは大発見のために忘れていたようだが、石室の死体は金属器で殴られた可能性があった。手頃な大きさの青銅製のアックスでも発見されれば、この殺人事件は入植者による過去の虐殺ではないことが物証により証明されるだろう。そしてビチマの歴史はそうした事実により書き換えられる。

ただ、その事実をドルドラ星系社会がどのように受け止め、咀嚼するか。正念場はむしろそれからだろう。

「調停官、データがまとまりました。かなり崩落が進んでいますが、それを免れている領域もあります。現場に一番近い傾斜地に作業拠点となる立坑《たてこう》を掘って、そこから横穴を開ければ、側面に出られると思います」

柳下が地形図と作業工程の画像を提示する。

「直径四メートルの円筒形シールドを降ろしながら、その内部を掘削して、排土は遺物が含まれている可能性も考慮してここのプールで洗浄します。地質を調べた範囲で、二時間で予定深度に到達するでしょう。

そこから直径四〇センチの横穴を伸ばします。地中レーダーのデータから推測して、この横穴で溶岩チューブの壁が崩れることはないと思います。

この溶岩チューブには細い縦坑が存在していた可能性があります。崩落で埋もれた状態ですが、これが何であるのかも内部調査で明らかになると思います」

惑星シドンは火山活動が活発な天体だった。そのため合成開口レーダー衛星を展開した時点でウマンは、惑星に溶岩チューブが存在している可能性を予想していた。

溶岩チューブとは、天体の火山から溶岩が流れ出た後にできるトンネルである。地球の火山でも認められるし、人類の宇宙開発の黎明期には月や火星の溶岩チューブが基地建設の適地として選ばれていたこともある。

そうした事実からウマンは惑星シドンには溶岩チューブがあり、ビチマが活用したのではないかと考えたのだ。気象変化が激しい惑星環境だけに、溶岩チューブが活用されるのは自然な発想と考えたわけだ。そして合成開口レーダー衛星は、多数の溶岩チューブの存在を明らかにしたのだ。

そうした中でウマンは、エピータのいうアラオナに該当する溶岩チューブを最初の調査地に選んだ。多数の溶岩チューブが集まっていることと、長期間死火山であったこと、さらに街道と思われる不自然な線が西と北に伸びていたことが理由だ。そして地中レーダーのデータは、ウマンの読みが当たったことを示していた。

縦孔の掘削が終わったら、柳下とそのスタッフは底に超音波式の掘削機を降ろし、直径四〇センチのシールドを伸ばしながら、溶岩チューブの横壁へと掘削機を進めていた。

柳下たちは防護服を着用し、センサーからの数値を見ながら作業を進めていた。防護服を着用しているのは、防塵の意味もあるが、溶岩チューブ内に硫化水素などの有毒ガスが含まれている可能性があるためだ。

地球なら完全に遠隔で作業が行えるし、シドンでもそれは可能だが、高等技官でもある柳下はリスクを考慮しながらも、作業現場に出ることを好んだ。臨場感を重視しているためという。

超音波で粉砕された岩石はそのままダクトを通ってタンクに送られ、分析される。そうしてあと数ミリというところで、一旦、掘削機は止まった。そこからはドリルで溶岩チューブの壁を貫通し、針状のセンサーが、内部の空気組成などを確認するのだ。それと同時にセンサーは周辺にレーザー光線を照射し、溶岩チューブ内の形状などを計測する。

「内部は呼吸できる環境ではありませんね。ほとんどが窒素ですけど、二酸化炭素、硫化水素、メタン、水蒸気などが認められます。酸素分圧が低いのは、外気との交流がないからと考えるべきでしょう」

柳下の報告は、概《おおむ》ねウマンも予想していたものだった。しかし、レーザー測距儀《そっきょぎ》による空間のデータはまったく予想していないものだった。

「これはタンクか？」

レーザー測距儀はあくまでもセンサーと周辺との距離の計測を行うだけであり、内部の形状を知るには限度があった。どうやらそこの大きさは、最大部分で直径七メートルから八メートルはあるようだった。

その空間は、半分以上が瓦礫《がれき》で埋もれていた。ただその大半は、素材は不明ながら規格化されたブロックからできていた。さらに堆積した瓦礫の中に、直径一メートル半ほどの円筒状のものが認められた。さらに瓦礫に埋もれて全体像はわからないが、この円筒には直径四〇センチほどの垂直の円筒が刺さっていた。

「タンクというよりボイラーではないかと思います。あの円筒から出ている垂直の筒を煙突とすれば辻褄が合います」

柳下が全体の位置関係を立体図で整理する。ボイラーらしい円筒から伸びている垂直の筒は、埋もれてしまった縦坑の位置とほぼ一致していた。地下のボイラーから地上に煙突が伸びていると考えると位置関係は付合する。

レーザー測距儀の計測結果では形状しかわからないが、この溶岩チューブの中には金属器があるのは明らかだった。しかも瓦礫の堆積具合からの印象では、入植者がやってきた一五〇〇年前よりも古いと思われた。

そして柳下らは溶岩チューブに向けて計画通りに横穴を貫通する。それからロボットを順次送り込む。最初に小型の単純な組み立てロボットを、次に分解したヒューマノイドが搬送される。

もともとヒューマノイドは一〇個ほどのモジュールからなる構造なので、溶岩チューブ内で結合させるのだ。

最初の一体が組み上がれば、以降の作業はこのヒューマノイドで行える。とりあえず二体をウマンは送り込んだ。

人間ではなくヒューマノイドを送り込むのは、溶岩チューブに崩落の危険があるのと、ロボットは三六〇度の視界を確保しているので、こうした調査に向いているためだ。

二体のヒューマノイドは二時間ほどで完成し、すぐに調査が始まった。小型の作業ロボットが、チューブ内に棒状の照明器具を立てて行く。この照明器具はジャイロとセンサーが内蔵されており、エネルギーの続く限り、地面が揺れても直立を維持することができた。

「ここは工房、もしくは実験室か?」

それがウマンの第一印象だ。ボイラーに見えたものは、やはりボイラーで、錆びていたが分光計によれば銅を用いたものだった。興味深いのは銅の純度で、粗銅ではなく純度ほぼ一〇〇パーセントであった。

知られている限り、これだけの純度の銅を手に入れるには、電気精錬の技術がなければ不可能だ。火山の多い惑星シドンでは硫黄の入手は容易である。生物が生息しているから、硝石を入手することも可能だろう。この二つがあれば硫酸が製造できるし、そこから銅の精錬までの距離は遠くない。

しかし見える範囲で、銅の電気精錬をここで行なっているようには見えなかった。ただ、このボイラーの近くには半分埋もれている巨大なフライホイールとピストンのようなものが見えた。それらから類推すれば、これは蒸気機関であり、工作機械の動力か、あるいは銅の存在から判断して発電機を稼働していたと思われた。

仮に発電が可能であったなら、ビチマは技術文明をすべて失った野蛮人という見方は根底から覆《くつがえ》されるだろう。ただ現状ではそこまではわからない。

二体のヒューマノイドは一〇メートルほどの間をあけて、溶岩チューブ内を移動する。とりあえずレーザー測距儀によれば少なくとも二〇〇メートル、場所によっては五〇〇メートル先まで続いているらしい。数値が極端に変化するのは、完全に塞がっているわけではないが、所々に崩落が起きて瓦礫の堆積があるためだろう。

ヒューマノイドが距離を取るのは、万が一の場合に共倒れになるのを避けるためだ。それもあって最初に投入した組み立てロボットは、横孔の出口付近で、堆積物を運んでいた。

横穴は蠕動《せんどう》運動をしながら内部の堆積物を柳下たちのところまで運んでいた。

瓦礫として堆積している直線状の金属棒は青銅であった。ただその量は比較的限られていて、一番多いのは腐食した木材であるらしい。

どうやらこの溶岩チューブは上下二段に仕切られており、木製の太い梁《はり》を青銅の金具で固定したり、補強したりしていたらしい。

ボイラー周辺からしばらくは、青銅製の棒やパイプらしい残骸が見えていたが、一〇〇メートルほど進むと、溶岩チューブ内は急に開けた空間に出た。朽ちた木材が堆積しているが、かなり腐食が進んでいた。木材残渣《ざんさ》は等間隔で小さな山を作っていたが、これが壁の跡であるなら、ここは集合住宅か、工房に隣接した倉庫のような空間という印象を持った。

溶岩チューブは途中で一つの横道に遭遇したが、土砂が堆積しているため通過は困難だった。

溶岩チューブは玄武岩と思われたが、堆積物はそれとは色が違った。ヒューマノイドの分光計で計測したところ、それはコンクリートであった。どうやらビチマは溶岩チューブの内壁をコンクリートで整形していたようだ。それが地震か何かで崩壊し、目の前の残骸となったのだろう。

「歴史は完全に書き換えられましたね」

ヒューマノイドの映像は柳下も共有していた。青銅やコンクリートを用い、蒸気機関まで利用していた集団を、技術文明を失った野蛮人などと呼ぶことはもはやできまい。ウマンは再びヒューマノイドを前進させる。内部は木材、コンクリート、青銅の残骸が堆積していた。広い空間が残っているところもあるが、こちらは別種の堆積物が多いために、ヒューマノイドが辛うじて通過できる程度の幅しかない場所もある。

それらの堆積物を分光計で計測しても、有機物の塊としかわからなかった。形状から言えば植物と思われたが、食料には該当するようなものはなかった。ただ堆積量は尋常ではなかった。ウマンにはそれが何かさっぱりわからない。強いて言えばボイラーの燃料だろうか。

この惑星に石油や石炭が存在するかどうかはまだ十分な調査が行われていない。ただ油田や炭鉱が見つかっていないのも事実だ。ビチマがそれらを利用していたなら痕跡がありそうだが、ヒューマノイドのセンサーは発見できていない。

あちこちが崩落しているため、ヒューマノイドが通過しただけでは溶岩チューブ内の構造を解明するには至らないが、基本的に一本のほぼ直線の洞窟であることは間違いなかった。

最初の蒸気機関こそ機械力を見ることができたが、それ以降は大規模な機械類は認めることはできなかった。ただ土砂で埋もれているが天井に等間隔に空気穴らしいものが認められた。それらもまたコンクリートで整形されていたが、半分以上が脱落していた。

「ここはどういう施設なんでしょう？」

現場作業を行なっている柳下はエピータに問い合わせているらしい。確かにウマンに尋ねてもわかるわけはない。

「伝承では、移動民であるビチマがアラオナで歓待され、その礼に有力者の娘五人を提供し、アラオナからも友好の印に有力者の息子五人が提供されたというものがあります。アラオナに限らず、ビチマの複数の部族が接触する場所というのが伝承には謳われています。ただ伝承をそのまま解釈すると、そうした場所は村なり町という定住民の土地となりました。

ですが知っての通り、ビチマの村や都市と思《おぼ》しきものは発見されておりません。道路らしき痕跡が見つかる程度で。

しかし、それらが溶岩チューブを活用した地下都市であったなら、すべてが符合します！」

エピータは興奮気味に答える。もっともウマンは、これらの発見がビチマにとって画期的なものであることは承知しつつも、弁務官事務所に属するものとしては複雑な心境であった。

雰囲気的に調停官が魔法でも使ったかのように、様々な発見が続いているが、それはこの一五〇年の間、惑星シドンに対する十分な調査が行われてこなかったことと表裏一体なのだ。

惑星環境がもっと地球に近い他の星系であれば、入植前に複数の探査衛星により地上は一〇センチ四方単位で解析しつくされ、都市建設も資源開発も行われていたはずなのだ。それが経済的価値が乏しいという理由で、本来行われるべき基礎的調査が先送りされてきた。すべてを初代弁務官のレンド・フックスのせいにするのも公平とは言えないとしても、彼には軌道修正を行うチャンスは幾度となくあった。

ウマンが投入した程度の探査衛星一つあれば、今日の事態は早期に解決していたかもしれないのだ。

「エピータ博士の意見としては、ここは地下都市なのか？」

ウマンの問いかけに、エピータは言葉を選ぶように答える。

「地下都市なのは間違いないと思います。ただこれだけ巨大な空間で、あの蒸気機関は小さすぎるでしょう。さらにこの都市だけで自己完結しているようにも見えません。

一番の疑問は、この空間なら一〇〇〇や二〇〇〇の人間を十分に収容できるように見えますが、食料はどうしたのか？　探せば食料庫のようなものは見つかるかもしれません。

しかし、この溶岩チューブ内で作物を栽培していた可能性は低そうです。その一方で、食料供給がなされていなければ、これだけの都市は維持できない。

いや、ちょっとこれはいままでの様々な前提が覆ると思います」

「どういうことです、博士？　ビチマは移動民ではなく定住民だったとか？」

「それはもちろんあります、調停官。ですが、そうなるとビチマの推定人口が根本的に変わります。

伝承ではアラオナのような場所は一〇ヶ所以上、おそらくは三〇近く存在していました。アラオナの居住人口を仮に三〇〇〇名とすれば、単純計算で九万人が定住民となります。ですが、いままでビチマは移動民として、その総人口は推定五万人と考えられてきました。つまり地下都市の定住民を合わせれば、ビチマの総人口は三倍近くに増えたことになります。

そうなると狩猟採集経済では、ビチマ集団を維持することはかなり困難になります。

野生化したジャガイモやトウモロコシがところによっては見られるので、ビチマが農業を試みたのは間違いないでしょう。しかし、惑星シドンの環境の中でビチマは農業を断念した。農地の痕跡もありません。

だとすれば、ビチマは何を食べていたのか？」

石室で発見されたイック・バンバラと思われる死体は、栄養状態が良好だった。この事実はエピータの人口推定とは矛盾する。

エレモがビチマの食料問題を解決したのかとも思ったが、エレモは入植者がやってきた時点では絶滅していた。それにこれだけの地下都市を建設できる知識が伝承されていたならば、家畜や遊牧の知識も伝わっていたはずだ。

エレモがビチマにとって貴重なタンパク源であったなら、彼らはまずエレモを飼い慣らすことを考えただろう。

ウマンは、自分の考えをエピータに伝えた。すると彼女の返答は意外なものだった。

「まず年代測定に不確かな部分はあるものの、エレモは数百年前には惑星シドンから姿を消しています。

伝承ばかりと思われるかもしれませんが、〈エレモを狩る牙〉の死後、再び混乱の時期が来るのですが、この時代に、エレモの中から王が現れ、エレモを導き、ビチマの前から姿を消したとあります。

伝承の解釈は色々とあるでしょうが、一つ言えるのはエレモは家畜化されてはいなかったということです。その上でエレモを安定した食料源にしようとすれば、ビチマはエレモの狩猟数を管理し、絶滅しないように個体数維持を行なっていたものが、部族間の対立から失敗し、乱獲により絶滅したとも考えられます。ただ現時点では物証はありません。いずれにせよ、ビチマはエレモに頼らずに食料を確保し続けることができた。それは間違いありません」

「食料になりそうな動物は他にはいないのかな？」

ウマンは単純明快な回答を求めていた。だがビチマの個体数と食料供給という大きな問題は、その解明に相当の歳月を必要とする予感があった。

「アナンケという動物がいます。収斂《しゅうれん》進化の好例で、地球の犬に似た動物です。大きさも同様です。大陸のこの辺りでは姿を見ることはありませんが、ハイランド山脈を越えた平野部にはいまでも見ることができます。

エレモを除けば、惑星最大の陸棲動物です。ただ人間には決して慣れることはなく、移動中のビチマについてきても、一定以上の距離には決して近づかなかった。追放されたビチマをアナンケと呼ぶのも、ここからきています。

ですので、食料になっても安定供給は望めません」

「ならば、この矛盾をどうする……」

だがエピータはウマンとは違って、この問題を矛盾とは思っていなかった。

「惑星シドンの大気には地球同様、窒素が大半です。そして人類の腸内細菌の中で一部のクレブシエラ属やクロストリジウム属は、ニトロゲナーゼ還元酵素を産生する遺伝子を持っています。

腸内細菌により空気中の窒素を固定し、タンパク質の材料となる窒素化合物を腸内細菌が生産し、腸管がそれを吸収すれば、炭水化物ばかり食べていても、身体はタンパク質不足には陥りません。

こうした事例はニューギニアなど地球の一部地域の民族でも確認されていますから、人類の子孫であるビチマに同じメカニズムが働いても不思議はない。鍵は炭水化物の調達となります」

「となると、あの野生化したジャガイモやトウモロコシが、もともとはどう栽培されていたのか、それが鍵か」

とはいえ畑も何も見つかっていない中で、この問題が解決するのか、ウマンにはいささか疑問だった。

さらなる問題は、急激に新発見が続いている中で、調査スタッフが明らかに足りないということだった。ウマンとしては可能な限り、惑星シドンの市民の力だけでこの問題を解決したかった。シドン市民のアイデンティティに深く関わると考えたためだ。

そうなると、現有スタッフで調査対象を絞り込まねばならない。だがこの難問は意外な形で解決することとなる。

調査を進める中で、クワズ弁務官から緊急連絡があった。

「大きな成果が出ているらしいが、MSBは早急に臨時閉鎖する必要がある」

「それはどうしてだ、暫定自治政府の抗議か何かか？」

「違う。惑星シドン名物、急激な悪天候だ。気象予測用のスパコンが短期予測を出した。一週間以内に、あのあたりは氷点下二〇度の酷寒に覆われる。強烈な風が発生するから、その間は避難するしかない。

言ってなかったか？　シドンの天候はカオスなんだ。ビチマが農業をしなかったのもこのためだろう」

6　ランドマーク

「惑星シドンの気候というのは複雑だ。公転周期は地球より短いが、自転周期は極端に長い。軌道傾斜角と地軸の傾斜の問題があり、なおかつ主星ドルドラは比較的安定しているが、M型の小さな恒星で輻射熱量は太陽よりもずっと小さい。こうした要素がこの惑星の気候予測を難しくしている」

ネオ・アマコの弁務官執務室で、クワズはウマンにそう説明した。ウマンも惑星シドンの気象予測が特殊であるとは事前に聞かされていたが、そこまで深く意識の上に載せていなかった。

ドルドラ星系のような辺境であっても、都市化が進んでいる惑星なら気象が生活にほぼ影響しないためだ。

「それでも予測は可能なのだろう?」

「もちろん我々はスーパーコンピュータにより気象予測が行える。数世紀の蓄積がある技術だからそこは信頼できる。

問題はビチマだ。初期入植者の証言や映像記録からビチマは移動民だった。しかし、カオテックな振る舞いをするシドンの気象環境の中で、彼らはどうやって生き延びてきた?

むろん集団が試行錯誤を繰り返す中で、気象に関する法則性を発見するようなことは可能かもしれない。じっさい惑星気象は恒星輻射の影響を一番大きく受けるから、計算は厄介ではあるが周期性は認められる。

しかし、その試行錯誤をしている間にビチマは全滅した可能性が高い」

クワズの言っている意味はウマンにもわかる。カダス星系における独裁政権の圧政に端を発するカダス内乱で、避難民を脱出させたコスタ・コンコルディアの乗員数は、三〇〇〇から五〇〇〇人と言われている。

数値に二〇〇〇人もの開きがあるのは、裁判を恐れた独裁者ランドルフ大統領が、政府のサーバーから公文書や住民データをすべて消去したためだった。独裁政権が市民全ての情報を管理する体制だけに、データベースが破壊されれば、個人情報はおろか惑星の人口さえわからない。

しかし、いずれにせよ数千人の人間が未知の惑星の過酷な気象状況に対して、試行錯誤を繰り返すだけでは、正解が出る前に人間集団は全滅だ。クワズは続ける。

「もちろんビチマは存在し、人口も増えている。ところがここに大きな問題がある。調停官の君が衛星で発見した溶岩チューブの地下都市こそ、シドンの過酷な環境でビチマが生き延びるための堅実な手段だった。あの中なら激しい気象の変化でも生きて行ける。合理的な判断だ。

しかし、ならばビチマは移動民だったという話はどうなる？」

「アラオナの地下都市は崩落が酷かった、都市の多くを失ったために定住民が移動民になったのでは？」

「それはあるまい。それが可能ならビチマは地下都市で生活する必要もなかったはずだ。さらなる矛盾は、入植前のビチマ人口が推定値の三倍になることだ。彼らは食料調達をどうしたのか？　アラオナは海に近いが漁業をしていた形跡はない。現時点で、すべてが矛盾だ。石室の死体が虐殺事件のものではないことの証明が、ここまで大事になるとは思わなかったな」

クワズは柄《がら》にもなく弱音を吐いた。

「これからどうする？」
「公平なる調停官に真相を明らかにしてもらうさ。シドン市民に納得させるには、事実関係をはっきりさせるしかない。一五〇年間の負の遺産を清算するんだ。相応に時間がかかる。人類は異質な文明と共存可能なのか、証明せねばならん。それが弁務官の仕事だ」

ウマンがネオ・アマコに戻ってきたのは、クワズからの「氷点下二〇度の酷寒に覆われ、同時に強烈な風が発生する」という情報のためだ。サイリスタから一二〇キロも離れた石室周辺は完全な陸の孤島となり、発掘や調査作業は危険というわけである。

ただウマンはその緊急予報に驚いたものの、エピータやチセロたちはすっかり慣れているのか、粛々と対応策を取り、人員の移動を行なった。どうやら二人はこうした事態を念頭に、調査計画を別に立てていた。

まず旧テベレ河で調査中の沈没船は、周辺の土壌ごとネオ・アマコまで輸送することとなった。そのためウマンのミラージュ輸送機の提供を要望されたが、ウマンに断る理由はない。この発掘品はネオ・アマコのラボで精査されることとなった。

石室周辺は調査不能なので耐寒シートを展開して封鎖した。そして作業にあたっていたスタッフは、酷寒状態にはならない三ヶ所の調査拠点に分散することとなった。

一つはアラオナ地下都市の精密調査である。換気を十分にして作業員が発掘にあたる。その過程で教育も施される。

他の二つは合成開口レーダー衛星のデータで発見された二ヶ所の大規模溶岩チューブであった。これらは周辺に、一部ではあるが道路と思われる直線状の痕跡が認められただけでなく、伝承で言及された都市の所在地とも矛盾しなかった。

一つはアラオナから三〇キロほど北方にあるマダシ、もう一つはサイリスタより四〇キロ西方で、海岸にも近いキキダだ。これらは伝承より命名された。

そうした調査チームの再編で、ウマンはネオ・アマコに戻っていたのだ。

「調停官、弁務官、ちょっと信じられないものが見つかりました」

ネオ・アマコのラボで、回収された船の調査の指揮をとっていたのは柳下だった。高等技官は事実上、彼女一人なので、ここしばらくはすべての調査に彼女が関わっていた。

柳下はすぐに仮想空間上で視界を共有し、その新発見を表示する。それに対するウマンの第一印象は、歴史の教科書で見た機械式時計だった。それは直径三〇センチほどの薄い円盤だった。緑色に錆びついているが青銅製なのは間違いなかった。

円盤には、照門のようなスリットが先端に加工された針が二本と、縦方向と横方向に動くアームが二本ついていた。さらにその円盤は、外側にも輪のような構造を持ち、いわばこのジンバル構造により水平を維持するようになっていた。

「航行用のジャイロか?」

船でジンバルに置かれる道具としては、それくらいしか思いつかない。

「沈没時に偶然、積荷の中に埋もれるような形で保存されたのが良かったのだと思います。保存状態は比較的良好です。非破壊検査の結果をAI補正して再現したのが、この装置です」

その円盤には曲がった線が描かれていた。ウマンはそれに既視感があった。エピータから説明された旧テベレ河の川筋と同じ曲線だ。

「円盤には旧テベレ河だけでなく、外周に数字らしい記号が刻まれています。ビチマの文字はアルファベットベースのものですが、独自進化を遂げているので、残念ながらナク文字など一部を除いて解読はできません。ただ、ビチマは独自の文字を持っていたかどうかという議論はこれで決着がついたと言えます」

ビチマは独自の文字を持っていないというのが、惑星シドン市民の一般的な認識だった。同化政策で地球圏の文字の使用を強制されたためだ。いわゆるナク文字についても入植以降の創作という説が市民の大半に支持されていた。それでもビチマ独自の文字の存在は議論されていたが、物証が乏しいため証明されていなかったのだ。

「これは針をランドマークに合わせることで、船が河のどこにいるかを知ることができる計算尺あるいはナビゲーション装置のようなものです。二本の針をそれぞれ近くのランドマークに合わせると、それに応じて円盤が回転し、船が河のどこにいるかを縦横に動くアームの交点で示すようです。そう考えると辻褄が合います」

柳下は興奮気味に仮説を述べるが、ウマンはその意味するところに気がついていた。

「そのランドマークは比較的等間隔に配置されているように見えるのだが、ハイランド山脈に、そんな特徴的な地形はあるのかな？」

ウマンは三次元的に旧テベレ河と周辺の山脈を再現し、船のナビゲーション装置を覗く。驚いたことに、ランドマークを捉えるはずの照門からは周辺山脈の稜線を見ることができなかった。ランドマークとして活用できるのは、山脈ではなく、河の高台となっている両岸だった。

そこでウマンには閃くものがあった。

「柳下さん、以前にエピータがサイリスタ建設時に発見された墳墓のことを取り上げていたが、そのデータを地形図として立体的に表示できますか？」

「ちょっとお待ちください」

地形図はすぐにラエ河とその周辺の立体図になる。サイリスタにあった墳墓は河の両岸に面した高台にいずれも配置されていた。それを見て柳下もウマンの意図を理解した。

「サイリスタで発見された墳墓は、河川を航行する船舶が位置を確認するためのランドマークだったということですか」

「ビチマの居住地が溶岩チューブの地下都市ばかりなら、ランドマークにはならないからな。墳墓にランドマークの機能を織り込むのは合理的だ。

そもそも我々はビチマを、技術文明を失い石器時代まで後退した存在と考えていた。だから無意識に地球の石器時代の文化・文明を当てはめてビチマを理解しようとしていた。

しかし、それは完全な誤り、もっと言えば先入観の産物だ。彼らはテクノロジーの産物は失ったとしても、知識を継承することはできた。何より科学的思考法を知っている。

墳墓を建設したとしても、それは宗教施設ではなく、もっと実利的意味が強いと考えるべきだった」

「それも極端な見方じゃないかな」

クワズが初めて口をひらく。

「今日でも宗教を信じる人間は地球圏社会にはいる。コスタ・コンコルディアの乗員にも少なからずそんな人間はいただろう。

エピータから聞いたビチマの伝承の中には、アダムとイブの逸話に似た話も残っているんだ。幾つか細かいヴァリエーションの違いがあるらしいが、自然界の怒りによって楽園を追放されたというモチーフは共通だ。

あとモーゼの出エジプトみたいな話まであるそうだ。これもヴァリエーションが幾つかあって、エレモの族長がすべてのエレモを従え、ビチマの前から姿を消したというものまであるらしい。

聖書の逸話が伝承されているなら、そこにある死生観や文化的なものも継承されていて不思議はないだろう」

その話に柳下も意見を述べた。

「エピータ博士によると、ビチマの伝承の中には、星への憧憬のようなものが頻繁に登場するようです。いつか星に帰るというような。それはコスタ・コンコルディアの乗員たちの、地球に戻りたいという願望ではないかと博士は解釈していますし、私もそれは妥当と思います。

地球に戻りたいという願望は宗教とは呼べないかもしれません。しかし、宗教と同等の機能をビチマ社会に与えてはいなかったでしょうか？」

「もちろん宗教の影響を全否定はしない。重要なのはビチマの祖先たちは、文明人としての知識の伝承が可能だったということだ。柳下さんの星の話も、願望が継承されたなら、それ以外の知識も継承可能だったことを示していると思う」

ただウマンは、それが決して楽なものではないこともわかっていた。これが数世紀前の宇宙船なら、船内には大量の紙の書籍も残され、宇宙船を失っても書籍を使って知識の伝承はできた。

しかし、コスタ・コンコルディアの時代には、人々はメタファーとしての書籍は活用しても、物理的な書籍は存在していない。知識はネットワークを背景としたデータベースから個々のエージェントAIに接続されるので、宇宙船を失ってしまえば、乗員たちは自分の記憶にある知識しか活用できない。

なるほど古代の石器人よりははるかに有利だとしても、多大な苦労が必要だったはずだ。蒸気機関の原理を知っていることと、動く蒸気機関を素手で製造できるのとはまったく次元が異なるからだ。

「衛星データを精査して、例の石室にもっとも近いランドマークを調査しよう。このランドマークこそ、イック・バンバラの弟、ミサナの墳墓かもしれない」

入植者が訪れる前のビチマの文化について発見が続いたことは、サイリスタやネオ・アマコの市民にも逐次、公開されていた。

ウマンがドルドラ星系に派遣されるきっかけとなった「石室の死体」については、「入植者による虐殺の証拠」という見方が急激に薄れていた。ただシドン市民の受け取り方は、その人の置かれている環境で大きな違いを見せた。

まず考古学的な新発見を「歴史の捏造《ねつぞう》」と主張する一派がいた。これはクワズの弁務官事務所も予想していたし、中心になるだろう人物たちもほぼ予想通りだった。

ただ現実を受け入れないのは入植者だけではなかった。ビチマの中にも「技術文明を失ったビチマが入植者によって再文明化された」という定説を曲げない人々がいたためだ。ビチマの議員であるジョン・ユンカースなどもそうした立場の人間だった。

しかしながら、一連の発見を「歴史の捏造」とする一派は少数派であった。それ以上に多いのは「歴史的事実が何であるかを調停官や弁務官が決めるのは不当」という立場で、入植者の多くがそうだった。自治政府代表のファン・ダビラやシドン暫定議会議長のレン・バルバットも例外ではない。

彼らの主張は「惑星の歴史認識は暫定自治政府の専権事項であり、弁務官事務所などが容喙《ようかい》すべき対象ではない」との立場である。

ただダビラやバルバットは、ビチマの固有文化をどう評価するか自身の立場を明確にせず、あくまでも弁務官事務所の対応を非難する立場だけを強調した。

「ダビラもバルバットも馬鹿じゃないからな。今回の発見をどう解釈するかはデリケートな問題だ。暫定自治政府は、政党というほどでもないが、いくつかのグループに分かれている。主張はバラバラで、自治政府樹立を目標とすること以外にコンセンサスはないに等しい。

だから暫定自治政府内の分裂を回避するためには、弁務官事務所を悪者にしなければならんわけだ」

クワズはこの点では、抗議される対象にもかかわらず、比較的落ち着いていた。

こうした中で予想外だったのは、ビチマの動きだった。ただ後知恵で考えたなら、起きたことは当然の反応である。

それはビチマ内部で、自分たちはどの部族集団に属するのか？　というルーツを探る欲求とともに、ナクを話す集団がかくも多数派を占めるに至った原因は何かという、自分たちの歴史認識の問題だった。

ただビチマの、自分たちの文化の実態を知りたいという欲求は激しかったものの、博士はエピータ一人という状況で、何某《なにがし》かの実態究明には程遠かった。この点ではほとんどのビチマは欲求不満を抱えていた。

そしてこうした流れの中で、ビチマから弁務官事務所への批難決議のようなものもいくつかの団体から出されていた。

クワズにとってはこちらの動きの方がショックであったらしい。少なくとも彼の主観では、ビチマの置かれている不当な状況を改善しようと働いてきた自負があるからだ。

ただ一方で彼は、自分に対する批難の中に筋の通った主張もあることは認めていた。それは、ここまでの惑星シドンの歴史はすべて入植者の歴史であり、今回の事例も入植者の歴史の中で再構築されようとしている、というものだった。

その動きの中で、「ビチマの歴史はビチマ自身が解釈してゆく」という立場の人々の運動が起こり、弁務官事務所が遺跡発掘などを行うことを、ビチマの主体性を脅かすものと批難しているのである。

反面、調停官であるウマンに対する評価はこれとは違っていた。「調停官が来たからビチマの歴史的事実が明らかになった」という認識をほとんどの市民が抱いており、これに関してはビチマの主体性を脅かすとは思われていなかった。

とはいえ、ウマンがここに来たのは弁務官であるクワズの要請であり、こうした一般市民の理解はクワズにとっては不本意だったかもしれない。ただこうした弁務官と調停官への矛盾した認識は、基本的に弁務官という存在が暫定自治政府と対立する関係と目されていためらしい。

現在の暫定自治政府を支持するにせよしないにせよ、自治権の障害物は弁務官と思われていた。だからクワズがどのような采配をしたところで、それは主体性の侵害と解釈されるのだ。

対するに調停官は、どうも弁務官を監督する立場と解釈されているようで、敵の敵は味方というロジックで好感を持たれているらしい。

ともかくウマンとしては、市民からの多くの支持があるうちに、ビチマの歴史を可能な限り解き明かそうと考えていた。それはビチマ社会の概要を明らかにするだけでも何十年もかかる事業だろう。だから彼としては、調査の長期的な戦略の決定と人材育成の両方で目処《めど》をつけられるまでが自分の仕事と認識していた。

畢竟《ひっきょう》、一番最初の殺人事件の話も、こうした戦略の中で完全解決を見るはずだったからだ。そうした中で、柳下が年代測定の画期的な方法を見つけたとの報告があった。

「惑星シドンの樹木には地球のそれと同様に年輪に相当する構造があります。惑星の自転周期と公転周期は一対五の関係にあります。このため樹木の断面もそれを反映し、五本が一つの単位となっています」

柳下は幾つかの木の断面をクワズやウマンの視界の中に提示する。確かに同心円状に薄い四本の線と五本目の濃い線が見られた。

「いままで惑星シドンでの年代測定が困難だったのは、基準となる炭素その他の同位体比の基準が、活発な火山活動の影響などから安定しないためでした。ところで年輪を形成するセルロースに含まれる酸素同位体は、その時期の気象環境の影響を鋭敏に反映することが知られています。植物の蒸散の程度により、重い酸素同位体と結合した水は植物内に残りやすいため、その比率で環境変化を読み解くことができる。この環境変化のパターンを比較すれば、木材サンプルの時代的な前後関係を判定できます。

それでアラオナの溶岩チューブや石室近くの船から回収された木材の年輪セルロースにより、酸素同位体比率を求めることが可能です。予備的な調査では、アラオナの地下都市に崩落が起きた時期と船の建造には、地球時間に換算して一〇〇年ほどの時間差があることがわかりました。船は崩落の一〇〇年前に建造されています」

「柳下技官、それは素晴らしい発見だと思う。しかし、それでも相対的な年代測定にとどまってしまうのではないか？」

クワズはそう柳下に尋ねる。しかし、柳下はそうした質問を予想していたのか落ち着いていた。

「年輪セルロースの酸素同位体測定の利点は、樹木の種の違いの影響をほとんど受けないことです。年輪を作る性質があれば同位体比は同じです。なので遺跡から木片さえ回収できるなら、それらの相対的な時代の違いを割り出せます。

問題は如何にして相対的な時代差を絶対的な時間測定に繋げるか？　仮に樹齢三〇〇〇年の樹木があれば、その年輪パターンからビチマの遺跡の時代計測が可能になります。

さすがに樹齢三〇〇〇年の樹木を探すのは困難でしょう。惑星全体を探せば自生しているものを見つけることができるかもしれませんが、極端に環境の違う地方では、セルロースの酸素同位体による年代測定がどこまで信頼できるか自信がありません。

しかし、問題の領域で確認されている樹齢一〇〇〇年の木ならあります」

クワズは柳下の言葉に表情を曇らせた。

「柳下技官、それはまさかシドンの木のことか？」

「一〇〇〇年以上にわたる基礎データが確認できるのはあの木だけです。それだけの記録があれば、精度はより向上します」

ウマンは二人に尋ねた。

「シドンの木って何だ？」

「惑星シドンに最初の入植者キャンプが建設された時、垂直に伸びる背の高い木があった。入植者たちはその木を前に、シドンの誓いという誓約を結んだという歴史がある。サイリスタから数キロの公園には、シンボルツリーとしてその木がまだ残っている。樹齢は地球式の時間換算で一〇〇〇年以上と言われている。

サイリスタの建設前には同様の木が他にもあったらしいが、シドンの木以外はすべて伐採された。その時の樹木がだいたい樹齢一〇〇〇年だったので、シドンの木の樹齢もそう推測されている。

もっとも入植最初期の記録はかなりいい加減なのでな、シドンの誓いを結んだ木と、シドンの木と呼ばれるものが同じかどうか証明はされていない」

「他に指標になる木はないのか？」

ウマンも、植民星系で社会の紐帯《ちゅうたい》となるシンボルツリーのような存在の重要性は何度となく目にしてきた。それでも柳下の発見した手法を採用しない手はないと考えた。だからこそシドンの木の代わりになるものがないか尋ねたのだ。

「ハイランド山脈から南には巨木はない。ほとんどをビチマが伐採し、奇跡的に残っていた巨木はサイリスタ建設で伐採された。残っているのは一本だ」

そしてクワズ弁務官は柳下技官に命じた。

「シドンの木からサンプルを採取することを柳下高等技官に命じる」

それにはウマンだけでなく柳下も驚いた。ビチマの遺跡調査の責任者はウマン調停官であって、クワズ弁務官ではない。たしかに柳下技官に命令を出せるのはクワズだが、そのためにはウマンからの要請がなされなければならない。これが弁務官事務所の手順というものだ。それなのに弁務官の判断で命令が下されるのは異例のことだ。

これが異例なのはクワズにも自覚があるのだろう、彼は意外なことを口にした。

「これは弁務官権限による教育だ」

「教育？」

ウマンにはクワズの真意がわからない。

「強者が弱者の歴史を存在しないかのように扱うとはどういうことか。ビチマ、入植者を問わず、考えてもらうためさ」

「教育効果よりも、反発しか買わないと思うが」

「ステートメントは出す。ビチマの歴史を明らかにするためにシドンの木からサンプルを採取したとな。別にそれで木が枯れるわけじゃない。穿刺《せんし》サンプルでいいんだろ、柳下さん」

「はい、穿刺だけで充分です……」

「クワズ、君が私を招聘《しょうへい》したのは、例の石室の死体がビチマと入植者の深刻な対立を生みかねないから、それを解消するためではなかったのか？　君の判断は対立を激化させようとしているように見えるが」

ウマンの質問にもクワズは動じなかった。ウマンはそれで、クワズはこうした事態も計算に入れていることを知った。

「単純な二大勢力の対立は避けねばならない。過去にそうした対立が深刻な事態を招いたことは説明したね。

しかし、現状は違う。入植者内部でも意見の対立が起こり、ビチマ内部でさえ何をなすべきかの議論がある。

調停官やエピータの発見はシドン市民のアイデンティティを大きく揺さぶっている。

人々は党派性ではなく、自分で自分が何者かを模索し始めている。

これは避け難い運動なんだよ。卵を割らずに目玉焼きは作れない。歴史の真実を前に、動揺が起こるのは当然で、これ抜きで真の意味での社会の成熟はあり得ない」

「つまりこういうことか、クワズ。君がビチマと入植者の対立を避けようとしていたのは、混乱を避けるという意味ではなく、市民が党派性で行動する状況を壊すところに目的があったのか？」

「正確には党派性を個人の自覚で打破できるかどうかの確認だ。これは市民一人ひとりがビチマに関する歴史認識を再構築するだけではない。人類以外の知性体と遭遇した時、人類はそれをどう受け入れるのか、それを確認するという意味もあるんだ」

クワズの考えはわかった。やはりこの男は変わっていない。理想を追求するためにあらゆる手段を試すのがクワズだ。ただ弁務官経験を積み上げたことで、際どい手段や謀略的な方策にも習熟しただけなのだ。

「すべての反感が君に向かうかもしれないんだぞ、クワズ」

「弁務官は人気商売じゃない。社会にとって必要なことをする。それが弁務官だ」

シドンの木の年輪サンプルの穿刺は、三〇分程度で終わる作業にもかかわらず、物々しい雰囲気の中で行われた。ビチマの歴史検証のためにシドンの木から穿刺サンプルを採取することは、クワズが弁務官として暫定自治政府に伝達していた。

暫定自治政府も正面からこれに抗議するほど馬鹿ではなかった。ビチマも入植者もシドン市民として平等というのが彼らの建前であったためだ。しかし、一部の市民は弁務官事務所が過度にビチマに肩入れしていると、その不公正さを非難していた。

これに対してはビチマを中心に、歴史検証を妨害することこそ不公正であるとの反論が出されていた。

シドンの木がサイリスタ近くの大きな公園のシンボルツリーであることもあり、弁務官事務所に対する抗議集会と、抗議集会に反対する集会が同じ公園の別の場所で並行して行われていた。

これが直接の衝突に至らなかったのは、二つの集会会場が直接接触しない構造であったこと――つまりどちらの主催者側も衝突は望んでいなかった――と同時に、上空に調停官のミラージュ攻撃機が待機していたことが大きかった。

シドン市民はミラージュ攻撃機のような大型の本格的戦闘マシンを見たことがないため、その威圧感は圧倒的だった。

とはいえウマンは、こうした武力を誇示するようなやり方は邪道と考えていた。ただ市民の固定観念を揺さぶるというクワズの目的には、確かに効果はあることも理解していた。じっさいクワズは暫定自治政府に対して、ミラージュ攻撃機は単独で都市一つを破壊するだけの火力を行使できるという情報も流していたらしい。

ある意味、こうした状況の一番の被害者は柳下技官であったかもしれない。大木から健康に影響がない年輪サンプルを採取するだけの作業を、数千人の市民が見守っていたのだから。

作業を終えたことを柳下が示すと、公園の空いている場所にミラージュが着陸し、彼女はその中に乗り込む。これは彼女の安全を確保するための力の誇示も意味していた。

シドンの木の穿刺調査は人々の耳目を集めたが、こうした作業と並行して地道な調査作業も進んでいた。MSB周辺の天候は荒れていたが、スーパーコンピュータによる気象予測通りに終わりも見えていた。

荒天領域が移動すると、MSBの周辺領域でも調査が再開できそうな場所も広がっていた。そうした中には墳墓がある可能性の高い場所もあった。

まずそれらの場所にはドローンが派遣され、レーザーレンジファインダーによる精密な地形の計測を行なった。それにより墳墓の存在が確認されたが、それは予想されていた、石積みのドームではなかった。

墳墓が石積みのドームという推定は、サイリスタ建設時の限られた記録によるものだった。だが、ドローンの計測で浮かび上がった人工的な構造物は、それほど単純なものではなかった。

まずドームと思われていたものは、石積みの円錐だった。おそらくは円錐だったものが工事の影響か何かで崩れ、ドームと誤認されたためと思われた。

確かに河川交通のランドマークなら円錐形の方が目立つだろう。しかし、予想との違いはそれだけではなかった。円錐を中心として一辺一五〇メートルほどの正方形の石積みがあったのである。それらはかなり崩れていたが、コンクリートで接合されていたのはドローンの分光計で確認できた。石積みの円錐にも同様の構造が認められた。

この正方形の領域は、墳墓ではなく、柱の跡なども確認できていた。つまり何らかの構造物がこの正方形の中に存在していたことを示している。しかも柱の跡から考えて、正方形の四隅には一辺三〇メートルほどの建物が存在していたと思われた。

そうした中でミサナ・バンバラの墳墓の可能性が高いと思われるランドマークに、少人数の調査隊が送られた。

この調査隊は、やや複雑な行程で移動することとなった。調査には弁務官事務所が保有する大型の八輪車が投入された。大型バスほどで、ホイールインモーターの車輪は、それぞれが伸縮する脚部と接続され、それらを最大に伸ばすと車両というより八本足のロボットに見えた。

車輪が個別にトルク制御を行うことで、伸縮する脚部と相まって、不整地では履帯以上の高い走破性を有していた。

また車体に余裕があるため、数人の人間なら二週間程度は内部で居住することも可能だった。これらは調査隊にとって重要な点だ。

八輪車はウマンのミラージュ攻撃機により、旧テベレ河の岸跡近くの現場から内陸に向けて一〇〇キロ近く離れた場所に降ろされた。

探査衛星のデータにより、墳墓と着陸地点の間に人工的な道路と思われる直線構造が認められたためだ。道路と思われる構造は、長いものでも一キロ程度しか連続していないが、そうした痕跡が直線上に分布していたのである。

また着陸場所から岸跡までの道路上に、五〇キロ間隔で二ヶ所の人工的な構築物が認められた。一辺二〇〇メートルほどの正方形のもので、石組みの低い壁のようなもので囲まれていたと思われる。

多年の間に火山灰などが堆積し、その内部構造は衛星データなどからはよくわからなかった。ただ道路やランドマークとの関係から、古代ローマ帝国などで整備された駅伝制に類似したもののようにも思えた。

とはいえ今回は全長一メートルほどの履帯式のロボット車両を置いてゆくだけだ。ロボットはレーザー測距儀や地中レーダーなどから、本格的な発掘前に周辺地域の基礎データを集める予定だった。

航空機で現場に直接乗り込まなかったのは、八輪車両で道路を移動することで、車輪のセンサーから精密なデータを収集するという目的もある。

あくまでも今回は予備的な調査であるため、調査隊は四名だった。柳下の部下で技官のアル・ミラジ、エピータのスタッフのポーラ・ザーン、そして調停官との契約の関係で川西チセロが乗る他、チセロの部下の作業員としてダグラス・クローバーの名前があった。チセロが追放したクローバーが今回は部下としてチセロの下に入るのは、クローバーがアナンケからアナングに戻る過程に必要だかららしい。

車両は上空を飛行するドローンのネットワークにより、サイリスタやネオ・アマコと繋がっており、関係者の共有する仮想空間上にもデータは再構築されていた。

これらの調査隊の報告を、ウマンはネオ・アマコの執務室で受けていた。さまざまな発見によりビチマに対する従来の見方は、入植者はもちろん、ビチマ自身にも修正を迫りつつあった。

そういう状況なので、いましばらくウマンは執務室から情報を集めることに徹していた。車両は一二時間ほどかけて大地を移動したが、そこは間違いなく道路であった。ビチマの人口は最大でも数十万人と見積もられており、大規模な土木工事は困難と見られていた。

じっさい車両のデータによると、大陸を走る道路は、基本的に整地して平たい石を敷き詰めている構造だが、場所によっては地面を掘り返され、岩石層や粘土層などの多層構造の上に石が敷かれていた。

また構造が簡単な道路のわりには水平が維持されており、メンテナンスは思った以上になされていたと思われた。そうしたことからわかるのは、ビチマが活動していたハイランド山脈以南の領域は、南北の移動が河川を利用し、東西の移動に道路が活用されていたことだ。また履帯式ロボットを下ろした正方形の施設跡には、別の方向に分岐した道路があるようだった。

ハイランド山脈以南から海岸までは、モザイクのような配置の森林と、痩せた平原のように衛星写真からは見えた。しかし、車両カメラから再現した仮想空間の景色では、荒地の中に島のように雑草が繁茂する黒土の地帯があった。その島の中には野生化したジャガイモやトウモロコシの姿が見えた。

それらは一日が三六〇時間もある特異な惑星環境に適応し、地球で栽培されるジャガイモやトウモロコシよりも背が低く、地面に張り付くように葉を広げ、色も緑よりも褐色に近かった。

これらの農作物の存在を考えると、太古のビチマは宇宙船から降ろした農作物の栽培を試み、失敗してしまったと思われた。入植初期の調査資料によると、これらの農作物は雑草化しており、地下茎などは可食であるが、収量は原種の一割にも満たないという。

景色は荒野と雑草の島が延々と続き、その一〇キロほど先に低い樹木の森林をたまに認められる程度だ。景色の変化は乏しい土地だった。川岸にランドマークを作る理由もわかる気がした。

ウマンはそうした景色を見ながら、ある疑問が浮かぶ。

「素人の疑問なんだが、地球の農作物がそんなに簡単に野生化するものなのか？」

それに答えたのは技官のアル・ミラジだった。

「植民星系に送られた農作物は、地球で栽培している農作物とは異なるものがあります。最初から遺伝子操作が行われ、地球以外の惑星環境でも温度と日照条件を満たせば成長します。シドンほど極端ではないものの、地球と異なる環境の天体も少なくないので。

そうした農作物であれば、突然変異によって惑星シドンの環境に適応するのはさほど難しくないと思われます」

「ビチマはこうした作物をどれくらい活用していたんだ？」

それがウマンには疑問だった。それに対して答えたのは、エピータのスタッフであるポーラ・ザーンだった。彼女はビチマではなかったが、エピータを教師として尊敬しているのがウマンにも感じられた。

「もちろん食料源の一つではあったはずです。伝承にもジャガイモやトウモロコシを食べていたという口伝が残されていました。ハイランド山脈以南の平原で、こうした野生化した農作物が見られるのも、ビチマの移動とともに生育領域を拡大させた結果だと言われています。

ビチマが土地を開墾するような形での畑作を行わなかったのは、惑星シドンの環境が不安定で変化が頻繁であったためです。それが証拠に、現在のシドンでも屋外では農業は行われていません。基本、農業には向かない惑星です」

ザーンはそう言うが、そもそも土地を耕す農作物など地球でも高級品で、人類の大半は地球でもシドンでも培養肉や細胞培養の野菜が主たる供給源となっていた。恒星間宇宙船の食料生産システムをそのまま都市建設に転用できるので、ドルドラ星系のような小規模な植民星系ではこれが中心だ。

それでも惑星シドンの気候変化の不安定さは、確かに農業には不向きだろう。さらにザーンは続ける。

「ただ、野生化したジャガイモやトウモロコシだけでは養える人口に限度があるため、我々の出した推定人口が多すぎるのか、逆に推定人口が正しいとすれば、まだ知られていない食料源が何かあるのかもしれません。

たとえば旧テベレ河の植生は現在のテベレ河とはまるで違っていたのかもしれません。魚が豊富なら、食料源の問題は説明がつくと思います」

それはそれで筋は通るが、川筋が変わっただけで、植生がそこまで大きく変化するのかは、ウマンには疑問だった。

けませんか？」
「すみませんが、その野生化したジャガイモとトウモロコシのサンプルも採取していただ

「了解しました」

車両は停止し、ミラジとザーンの二人が専用容器にジャガイモとトウモロコシを土ごと収容していた。その光景を見ると、野生化していてもジャガイモの実も幾つか認められた。トウモロコシも一五センチくらいのものが二つ三つ見えた気がした。地球の農場の作物と比較すれば、まるで違うのはわかった。

ただ正直、野生化した農作物が言われているほど生産性が低いのかどうかは、見ただけでは判断できなかった。

作業の終了とともに車両は前進し、ついに目的地に到着した。石をコンクリートで固めた円錐形のランドマークは、頂部が風化により崩れていたが、概ね原型はとどめていた。ただ円錐形に石を積み上げているのではなく、内部は中空になっていた。形状を支える構造があると思われたが、そこまでは確認できなかった。

現地に到着すると、ザーンは車載のドローンを飛ばし、上空から精密な測量を行い、一五〇メートル四方の施設を一ユニット縦横五メートルに分割する。全体で三〇かける三〇の九〇〇のユニット単位で施設は調査されることになる。

そうして車両にはチセロが残り、他の三人は外で作業に入る。ミラジとザーンはドローンの計測結果に従い、施設の四隅に支柱を建てる。それはレーザー測距儀で、調査作業を行う場合に、そこがどのユニットであるかを自動で記録された。

たとえば発掘して道具が出たとしたら、その座標はもとより、発掘時の深さも計測でき、道具が複数発掘されたら、それの位置関係も記録できた。

一方、そうした作業と並行して、ランドマークの円錐の調査も行われた。こちらはクローバーがチセロの指示で動いていた。この役割分担は、クローバーがビチマのコミュニティに受けいれられるためのものらしい。

クローバーは簡易式の防護服を着用し、頭部と両肩には各種のセンサーを装備していた。

「彼は何をするんですか？」

ウマンの質問に、チセロが「中に入ってみる」とだけ告げた。円錐底部周辺を歩いていたクローバーは、河に面した側に入口があるのを認めた。鍵穴の類はなかったが、木製の閂《かんぬき》が三つ施されていた。入口のドアも木製だが、材質が特殊なのか、何らかの処理のおかげか、クローバーがグローブで表面の泥を落とすと、黒光りする木質が見えた。閂も同じ木材で作られているようだ。

ただ青銅製の金具は腐食し、クローバーが閂に触れると、その衝撃で全て砕けた。

クローバーはナクで何かを叫んだが、チセロが慰めるようにナクで何かを言った。

「一連の動きはすべて映像記録されています。調査には影響はありません」

チセロはウマンにそう説明する。そうなのかもしれないし、調査を急ぎすぎているのかもしれない。そこはウマンもわからない。しかし、ザーンが何も言わないのは、やはり大きな問題ではないのだろう。

クローバーは門を開錠すると、ドアを開け、円錐基部の内部に入った。クローバーよりやや先行して、小型のドローンが入る。映像記録撮影と室内照明のためだ。

内部は緩やかな傾斜になっており、地下に通じる石室があった。そこは石をコンクリートで接合した直径二〇メートルほどの円形で、五メートル上の天井はドーム状に緩く湾曲していた。規格化されたコンクリートブロックを積み上げてあった。ブロックの大きさから推定すると、天井は重量過多になるだろう。それでも崩れないで形状を維持しているのは、重量軽減のためにブロックの内部は中空になっていると思われた。

さらに石室の中央部には、青銅と思われる支柱が天井を支えていた。画像からＡＩが推測した構造は、直径二〇センチほどの青銅の棒を七本束ねたものだった。

円形の部屋は、扉と同じ加工を施された木材で仕切られており、六分の一ほどの区画の部屋には同じ形状の素焼きの甕《かめ》が一〇個並べられていた。地球の多くの文化では死体の埋葬に類似のものが使われている。ビチマも人類の一員であれば、そうした歴史について知っていても不思議はない。

それ以外の部分には、デザインも大きさも異なる小さな甕が三つほど置かれていた。どうやらこれは特定の一族の埋葬地であると同時に、その一族の倉庫の類と思われた。

ただクローバーが小さな甕の蓋を開けると、中には泥のようなものしか入っていない。何百年も人が来ていないなら当然だろう。それでも彼は三つの甕の中身をそれぞれ別の袋にサンプルとして回収した。チセロの指示でクローバーは隣の区画に移動する。

そこでチセロがナクで何か指示を出す。クローバーは何か反論しかけたが、結局はチセロの指示を受け入れた。施設の部屋は中心部から放射状に広がる壁で仕切られていた。室内に並ぶ甕をクローバーは撮影し、蓋を開ける。

蓋には、ウマンがコミュニティセンターで見かけたのと同じような文字が彫り込まれている。おそらく甕の中の人物を表すものと思われた。そして甕の中にあったのは、ミイラ化した死体であった。

クローバーはあらかじめ訓練されていたのか、専用の密閉式の袋を取り出し、皮膚の一部を綿棒のようなもので触り、それを袋に収めた。特に記録はしていなかったが、袋の隅のバーコードで管理するのだろう。

クローバーはそうして、室内の甕のミイラすべてから同じようにサンプルを採取した。一つの甕の中には全長五〇センチほどの青銅の棒があった。表面にさまざまな文様が刻まれているようだが、錆びついて判別できなかった。

棒の一端は長さ一五センチ、直径三センチほどで凹凸のある形状をしており、それは握りの部分と思われた。握りの先の三五センチほどは直径七センチの円筒形で、複雑な紋様が施されていた。

これが入っていた甕は一つだけで、おそらくは故人の持ち物と思われたが、用途はよくわからない。チセロはそれも回収するようにクローバーに命じた。彼はその棒も大型の袋に収納した。それで最初の調査はほぼ終了した。

クローバーが車両に戻ると、チセロがナクで彼を激励したらしい。クローバーは涙を流して喜んでいた。おそらくビチマのコミュニティに戻ることが認められたのだろう。

一方、技官であるアル・ミラジはクローバーからミイラのサンプルを受け取り、周辺の天候を確認後、車載の大型ドローンにサンプルを積み替えた。

「そちらで調査するんじゃないのか？」

ウマンにはそれが意外だった。

「もちろんDNA分析は可能ですが、ネオ・アマコのラボでチーフに分析してもらうのが一番でしょう。弁務官事務所の高等技官ですから」

チーフというのは柳下のことだ。どうやらクワズをはじめとして、弁務官事務所は「外部に出せる信頼度の高いデータ」としてこのサンプルを公開する意図があるようだ。現場の簡易的な検査では信用できないという、言いがかりに近い意見を封じるためだろう。

ミイラの組織片を輸送するドローンは、ウマンのドローンが警護にあたった。万が一のことがあっては困るからだ。サンプルは失われてもミイラは残っているが、襲撃されるような事態が起きれば大問題になる。それを抑止する意味がある。

その間にミラジとザーンは、クローバーが回収した甕の中身や野生化したジャガイモとトウモロコシの分析に入っていた。正直ウマンは、この分析から新たな知見が得られることはあまり期待していなかった。しかし、その予想は違っていた。

ミラジとザーンは柳下やエピータらとも遠隔で連絡をとり、議論をし、驚くべき事実を報告してきた。その報告は、代表して柳下技官からなされた。ウマンが就寝し、都市時間で(惑星シドンの自転時間が遅いので、都市部では二四時間制で動いている)朝を迎えた時だ。挨拶も早々に彼女は本題に入る。

「まず我々は研究者として猛省しなければなりません」

柳下の第一声がそれだった。どうもその「我々」にはエピータらも含まれるらしい。

「猛省とは何を？」

「先入観です、あるいは偏見と言ってもよいかもしれません」

柳下がそう言うと、ウマンの視界の中に野生化したジャガイモとトウモロコシの姿が現れた。洗浄され、土などは落とされている。

「野生化した農作物は地球のそれと比較して、収量は一〇パーセントにも満たない。これは初期入植者の調査報告です。入植時の生活コストを下げるために、彼らは野生の資源の活用にも積極的だった。

だから、この調査結果は一世紀以上も疑われることはなかった」

「それは初期入植者が嘘の報告をしたということか、柳下さん？」

ウマンは自分でそう言ったものの、初期入植者がそんなことで虚偽の報告をするとも思えなかった。そんなことをしても入植者には何のメリットもない。

「いえ、虚偽の報告をしたわけではないんです。確かに地球の農作物の一〇パーセントの収量しかないのは事実です。ですが、報告の意図がずっと誤解されていました」

「誤解とは？」

「まず報告がなされた時代の地球の農作物とは、植民星系での栽培も意識した遺伝子組み換えのものです。これらの農作物は収量は多い反面、大量の肥料あるいは栄養分を必要とします。これは当然ですね。無から有は生じませんから。

そしてジャガイモやトウモロコシの一〇パーセントの収量は、あくまでも野生化した状態の収量です。もしもこれらの野生化した農作物に対して施肥《せひ》などの適切な育成が行われていたとしたら、収量は大きく変わることが予想されます」

「それはつまり、ビチマがこれらの農作物を野生のままで活用したのではなく、収量を増やすために施肥か何かの処置を施し、必要な収量を確保していたということか？」

ここで一瞬、何かのグラフが出たが、柳下はそれを消した。意味がないと考えたのだろう。

「先ほどから野生化した農作物と言ってしまいますが、それすらも正確ではない。確かに惑星シドンの環境に適応できた突然変異種ではあるものの、ビチマがそれを選択し、ハイランド山脈以南の平原に広く拡散させたのは間違いない。その意味では普通の農作物です。これらは人間の手で育てられた」

「それは畑が存在したということかね？　しかし、そのようなものは見つかっていないはずだが」

「そこです。我々は地球の古代人が農業を発明した歴史に無意識のうちにビチマを投影してしまう。それこそが我々の失敗であった。見るべきは太古の地球ではなく、シドンの環境です。コスタ・コンコルディアの乗員たちは、地球とはかけ離れたシドンの環境に直面しながらも、特異な惑星環境に適応するために活用できる科学知識を持っていた」

そして視界の中に、石室にあった小さな甕と、雑草の中に生えているジャガイモの姿が浮かぶ。さらに甕の中にあった黒い土の映像もあった。

「これはエピータ博士たちが発掘していた船の中と、アラオナの溶岩チューブからも発見されたものです。種の特定はまだですが、何らかの水草の類を中心に加工されたもののようです。幾つか同じ微生物が特定されているので、発酵のようなことが行われたのでしょう。

当初は有機物が腐敗したものと思われていましたが、すべてが同じもので、明らかに、この腐敗したような黒い土は意図して生産されていたものです。

さらに、これもほとんど無視されてきましたが、農作物は常に雑草の中に埋もれていた。ところが見てわかるようにジャガイモもトウモロコシも量は少ないが、作物としては十分に発育している。

普通に考えるなら、惑星シドンの生態系の中では新参者の地球由来の農作物が、ここまで立派に育つことはない。他星系では地球産植物が現地生態系との競争に負けることなど普通の現象です。なぜあの農作物だけが生態系の中で生存圏を拡大できたのか？」

「なぜなんだ？」

「地球の事例ですがニューギニアのある地方では、主食であるタロ芋の栽培を促進するために、共棲することで収量が増加する雑草を共に植えていた。同様のことをビチマも行なっていた。つまり農作物が雑草に埋もれていたわけではなく、これは農作物の収量を増加させる目的で共棲していたわけです。

そしてこの黒い土のようなものは、広い意味では肥料です。正確にはこの発酵させた水草と他の材料を混ぜることで、雑草と農作物の発育が活性化されるだけでなく、リンなどの必須元素を補充する意味もあります。必須元素の補充にかんしては、生物としての構造の異なるシドンの植物とは競合が起こらないため農作物には有利です」

それはウマンには思ってもいない展開だった。

「ビチマは農業を行なっていた、そういうことか？」

「農作物の安定供給を意図して環境に働きかけることを農業とするならば、ビチマは農業を行なっていました。岩場の隙間に島のように雑草や農作物が自生していましたが、あの島のようなものが畑に相当するでしょう。

ただビチマはおそらくアラオナの溶岩チューブで生産していたような黒い土をばら撒くだけで、農作物の収穫は狩猟採集経済のように行われていたと思います。

彼らが畑を作らなかったのは賢明な判断と思います。一般的に同じカロリーを確保するなら、狩猟採集の方が農業の八分の一の労力で事足ります。惑星環境の変化が激しいシドンなら、農業も狩猟採集に寄せた方が合理的です。

最初の石室の死体もそうですが、栄養状態はいずれも良好です。炭水化物中心の食事とニトロゲナーゼ還元酵素を持った腸内細菌により、ビチマは良好な栄養状態を維持していたわけです」

「その微生物の発酵を利用するマイクロ生態系みたいな肥料は、本当にビチマが生産していたのか？　たまたま燃料か何か別の目的で集められていた水草が長年の間に遺跡で自然発酵しただけということはないのか？」

その質問は予想されていたのか、黒い土の拡大映像が浮かぶ。

「ビチマも試行錯誤の中でこれを作り上げたのだと思います。サンプルを得た場所が異なる黒土のいずれにも、微細な素焼き片が混入しています。多孔質の砂状の素焼きの片が微生物の活性化につながるようです。言うまでもなく、粒状に砕いた素焼きなど人為的に混入させなければ、どのサンプルからも発見されることはないでしょう。

さらに興味深い、いや驚くべき事実があります。まず黒い土から水草の組織片が回収され、ＤＮＡの採取に成功しました。ご存じの通り、シドンの生物も細胞を基本とし、構造こそ地球由来生物とは異なるものの、ＤＮＡを遺伝子とする点では他の星系の多くの生物と共通です。

そして採取時期や場所が異なる水草は遺伝的に同系統、つまり地球的な表現をすれば同じ株の生物です。それが栽培されたものか、自然に採取されたものかは不明ですが、同じ場所で繁茂していた水草なのは間違いない。

さらに素焼き片の分光分析をしたところ、これも元素組成が一致しました」

「つまりこの黒土は同じ場所で生産されたということか？」

「そう解釈するのが自然と思いますが、あるいは黒い土は各地で必要に応じて生産され、水草や素焼き片が素材として流通していた可能性も考えられます」

流通という表現にウマンは、この問題の本質が表されていると確信した。さらに柳下は言う。

「これはエピータ博士とも話した仮説ですが、ビチマが移動民という解釈は再検討すべきかもしれません」

「移動民ではなく、定住民ということか？」

ウマンの視界の中にハイランド山脈以南の地図が浮かび、ビチマの遺跡と疑われる地点が表示され、幾つかについては道路も表示される。道路は衛星から観測された断片的な痕跡からAIにより再構築されていた。

「実験が必要ではありますが、活性化した黒い土を野生化した農作物に与えていれば、供給される元素量から推定して、収量は少なく見積もっても現在の状態の三倍は期待できます。

さらに雑草と農作物と黒い土からなる島の面積に三倍の収量を掛け合わせた場合、入植時期のビチマの総人口を十分に養えるだけの食料となります。

重要なのは、この地図でもわかるように、農作物の分布は道路の周辺と、遺跡と予想される溶岩チューブ周辺で顕著に増えていること。

ビチマは畑作のようなコストのかかる農業は行わず、黒い土という肥料を雑草の中に撒く以上のことは行わなかった。そして単位面積あたりの収量の低さは、栽培面積の大きさで賄《まかな》った」

「いまの話を総合すると、溶岩チューブの都市に定住民がいて、物流を担う集団が移動民だったということか？」

「それについての結論を出すのは時期尚早です。我々は調査に着手したに過ぎません。ただ仮説は立てられます。

黒い土は発酵過程が必要なので、溶岩チューブのような安定した環境が望ましいでしょう。移動民はそれらを作るための素材を定住民に提供していた。移動民はさらに黒い土を雑草と農作物の混在する荒地の島に散布し、適切なタイミングで収穫も行い、おそらくは溶岩チューブに運んだ。

実はアラオナの調査チームの最新の報告があります。あの中で発見された蒸気機関のボイラーは銅板で作られていましたが、分光計による元素組成によると、銅板は少なくとも二ヶ所の異なる施設で製造されています。そしてアラオナに銅の精錬設備はない。

そうしたことを考えると、移動民の仕事は多岐にわたり、専門知識も多く要求された。銅の電気精錬程度の知識ならビチマは継承していたわけです。その他、多くの知識が遭難したコスタ・コンコルディアの乗員から受け継がれたはずです。

それでも無視できない量の知識は散逸したかもしれません。だが彼らは自然環境を利用し、文明を維持するだけの知識は守っていた。

そこで問題はどうやって知識を継承したか？　コンピュータやＡＩは早期に失われ、いまのところ紙を利用した痕跡は発見されていない。

そうした時に重要なのは口伝です。ビチマは集団で知識を維持するために、あるときは移動して農作物の維持や物流に関わる作業を行い、別の時には溶岩チューブの工房で生産活動を行なった。専門性の維持や適性判断は何ともいえませんが、ビチマについて移動民か定住民かの議論は、本質的にナンセンスかもしれません」

ウマンは打ちのめされた気持ちだった。文明の利器を失っていたとしても、コスタ・コンコルディアの乗員の子孫たちは、文明人としての精神文化は失っていなかった。自分たちはそうした事実が先入観により見えなくなっていたのだ。

そのことは柳下の次の仮説でも痛感させられた。

「ビチマは都市を築かなかったと言われてきました。しかし、それは大間違いだった。河川交通、陸上交通、溶岩チューブ、それらを結びつけたネットワークが一つの巨大な都市を構築していた。ハイランド山脈以南の平原こそ、ビチマの建設した巨大都市そのものなんです」

7 反動

「それでは説明させてもらいます」

ウマンは調停官として仮想空間上の演台の上にいた。専門家ではないのは自分でも十分理解している。しかし、この仕事は彼が自分で行わねばならない。なぜなら、これこそが調停官の仕事であり、同時に、検証を行なったエピータ・フェロン博士や柳下恵高等技官を反感の矢面《やおもて》に立たせるわけにはいかないのだ。

その場にいたのは弁務官事務所のスタッフと暫定自治政府及び暫定議会の議員全員だった。もっとも、調停官の説明自体は市民全体に公開されている。暫定政府や暫定議会の人間だけが仮想空間上に存在している演出だ。

仮想空間上に存在するからには、質疑応答も可能だ。ただこの調停官の説明は永遠に記録される原則なので、馬鹿げた質問もまた永遠に残ることになる。だから質疑応答があったとしても、それは建設的な内容に厳選されることが期待できた。

もっとも、建設的な内容かどうかは少なからず主観に左右されるため、人類世界の議事録などでは無教養な政治家やら非常識な議員の発言などが、すでに数世紀分も蓄積されている。理想と現実とは、かくも食い違う。

「いわゆるビチマと一括りにされている人たちは、カダス星系で起きた惑星規模の無政府状態、いわゆるカダス動乱の戦禍を逃れるため、地球圏の輸送船コスタ・コンコルディアで脱出した乗員と避難民の子孫であることはみなさんご存じでしょう。

実をいえば宇宙船コスタ・コンコルディアにいかなる悲劇が起きたのか、事例に再現性がないこともあり、その科学的解明はいまだにできておりません。ともかく宇宙船は同時期の地球圏ではなく、なぜか三〇〇〇年前のドルドラ星系にワープアウトしてしまった。

そして地球圏への帰還ができないとわかった時、数千人と言われる乗員と避難民は、この惑星シドンで生存の道を模索した。

惑星に降下した当初は文明の利器も多く活用できた。しかし、過酷な惑星環境と歳月の中で、それらは失われ、彼らは自分たちの精神文化を武器として、未知の世界へ生存への第一歩を踏み出しました」

ウマンは聴衆の反応を探る。政府や議会関係者には、状況に関する説明はエージェント経由で送ってある。だから彼の話の内容をここで初めて聞く人間はいないはずだった。

ただその受け取り方は様々であったらしい。一番多いのは調査結果に驚き、事実をどう自分の中で咀嚼《そしゃく》すべきかわからない人たちだった。ビチマに属する市民の多くは、祖先が文明を失ったどころか、自然環境に適応した巨大文明を構築したことに感動していた。

一方で、一部の入植者は調査結果が調停官や弁務官による政治的な陰謀との立場をとっていた。ただ彼らは議論に値する反論は何も提示できなかった。ビチマへの蔑視はあっても、ビチマそのものについてほとんど何も知らなかったためだ。

それも含め、概《おおむ》ね反応はウマンの予測した範囲に収まっている。

「まず、小職が調停官として招聘《しょうへい》された理由は、サイリスタより一二〇キロ離れた土地で発見された他殺死体の調査でありました。

それは大昔のビチマの死体であるのか、あるいは入植者によるビチマ惨殺の跡であるのか、その事実関係を質《ただ》すためです。

すでに調査資料は、暫定政府及び暫定議会には送付してありますが、結論から言えば、問題の死体が入植者による虐殺であるという説は否定されました」

聴衆からの反応はない。それはわかっているからだ。議会で虐殺説を唱えていた議員団さえも沈黙している。ただ、彼らと対立している集団も表情は硬い。

「さて、ビチマの伝承に、大王イック・バンバラに関するものがあります。諸部族の対立を調停し、ビチマを束ねた伝説の大王。イック・バンバラは女性であり、ミサナ・バンバラという弟がいました。

このミサナは有力者に唆《そそのか》され、イック・バンバラを自ら暗殺し、自身が大王を名乗ります。

伝承を信じるなら、ミサナは自身が大王であるため、イック・バンバラを大王としては葬れなかったものの、有力者に対する敬意を持ってテベレ河に顔を向けて、独立した墓所を設けたとあります。

それで、死体を発見した人物たちは、その場所がバラキと呼ばれるイック・バンバラの墓所という伝承を信じて、発掘に至りました」

ウマンは、関係する場所を仮想空間上の地図に表記する。いままでMSBと呼ばれていた場所は、エピータのデータベースからバラキと呼ばれていたことを最近ようやく突き止めた。あまり公《おおやけ》に名前を呼ぶべき場所ではなかったらしい。

「伝承では、こうも述べています。

ミサナ・バンバラが大王となると、ビチマ社会は再び乱れましたが、ミサナの没後、

〈エレモを狩る牙〉という人物が、混乱を収め、ミサナ・バンバラを大王としてクレタという場所に埋葬し、大王の尊称を勝ち取ったと。

ここで興味深い事実があります。伝承の記述の条件に合致する遺跡を発掘したところ、そこに一連の調査事業の中で解読可能となったビチマの文字で、クレタと表記されていることがわかりました。クレタの内部には甕《かめ》に納められた有力者一族と思われる死体が幾つも埋葬されておりました。

これらの死体には、明らかに血族関係が認められました。そしてミサナと表記された甕の死体とバラキで発見された死体は両親を共有する、つまり姉弟の関係にあることが証明されました。

このことから、私が招聘されるきっかけとなった死体は、伝説の大王であるイック・バンバラその人であることが証明されました。そうであるならば虐殺の犠牲者という仮説は否定されます。

同時に、伝承で語られる内容についても、事実関係に基づいた信頼性の高いものであることが認められます。そのことはとりもなおさず、ビチマ社会に高い精神文化が存在したことを示すでしょう。

ビチマは技術文明を失った宇宙船遭難者ではない。惑星環境に適応し、独自の文化を構築した文明人に他なりません。ビチマの遺跡はこれからも次々と発掘され、その文明の全貌が明らかになるには、数十年の歳月が必要でしょう。ですので小職は調停官の義務として、惑星シドンに恒久的な調査機関を設立することを地球の統合弁務官事務所に提言するつもりです。以上で、調停官として、市民の皆さんへの報告を終えたいと思います」

弁務官事務所の拍手に誘発されるように、暫定政府と暫定議会から散発的な拍手が起こったが、大勢は沈黙していた。その理由は様々だろうが、彼らの多くにとって、ウマンが明らかにした事実は望んでいたものではなかったらしい。

そうして反応が薄いまま、仮想空間の会場は視界の中から消えた。

暫定政府と暫定議会への報告を終えたウマンの元に、すぐに二件の会見要求が入ってい た。一つは柳下、一つはエピータ。ウマンはまず弁務官事務所の職員である柳下を繋いだ。クワズを介さずに高等技官が直接会見を要求するのは異例のことだからだ。

「調停官にお願いがあります。偵察巡洋艦クレベのラボを使わせてください」

「正当な理由があれば使用許可を出すのは構いませんが、どうしました?」

柳下は暗い表情で説明する。

「イック・バンバラの死体を調査していますが、致命傷となった後頭部の傷について、凶器を推定しています。伝承の正しさを証明するための傍証として。

ですが、死体の発見当時の状況が状況であるため、コンタミが起きています。そもそも頭骨を砕いた刃物の金属痕を傷口から割り出すという作業です。盗掘に使われた道具の影響も無視できません。

弁務官事務所の分析装置でも検出しましたが、道具の金属の影響が強すぎます。なので傷口そのものから微細なサンプル調査を行いたいんです」

「ミラージュを飛ばせば容易です。構いませんが最低でも二名で行なってください。事故が起こるとは思えませんが、規則ですので」

「ありがとうございます」

柳下は一礼すると、視界から消え、エピータが代わりに現れる。

「調停官、ありがとうございます」

エピータは感極まっているのを抑え、努めて平静を維持しようとしているかに見えた。

「礼は不要です、博士。これはあくまでも私に与えられた任務を遂行したというだけのことです」

「それでも恒久的な研究機関が建設されることは、私たちの社会にとって決して無意味ではありません」

「そう喜んではかりはいられないかもしれませんよ、博士。私がするのは研究機関の誘致までです。そこから先はシドン市民の自由裁量です。私がしたことは市民の負担を増やすだけに終わるかもしれない」

「だとしても、その責任は我々が負うべきもので、調停官の責ではないと私は思います」

「なるほど」

エピータは常設の研究機関のトップは自分だと思っているらしい。ウマンもそれは当然と思う反面、エピータに地球に来てもらうことも選択肢として考えていた。ただ、いまそれをここで議論すべきとも思わなかった。

「博士は、いま早急に解析すべき問題はなんだと思いますか？」

それは研究機関の大枠を考える前提であることは、ウマンもエピータもわかっていた。

「実はそのことを相談しようと思ってました。ビチマが定住民と移動民の役割分担により、大陸規模で一つの都市を維持していた。この大枠は間違いないと思います。

ですが、このモデルには致命的な問題があります」

「致命的な問題？」

「惑星シドンの気象です。ご存じのようにシドンの気象は地球のような明確な四季もなく、気候変動のパターンは複雑です。さすがにビチマといえども道路は建設しても鉄道や自動車はなく、地球の馬に相当する動物もいません。

移動民状態のビチマは、どのタイミングで生産拠点である溶岩チューブの集落と集落の間を移動したのか？　ハイランド山脈以南の平原地帯で突発的な寒冷気候と遭遇すれば全滅は免れません。

確かにそうした悲惨な状態に陥った人たちの伝承は残っています。それはどこまでが事実で、どこまでが教訓話なのか吟味する必要はありますが、ともかくそうした伝承は部族ごとに複数あります。

こうした伝承では集団から離れた個人や家族が遭難しているのですが、言い換えるなら集団では遭難していません。つまり集団なら遭難しなかった技が存在したことを示唆しています。ただその技の中身はわかりません。

余談ながらそうした伝承をどの部族も持っているというのは、移動民と定住民は交代制であった可能性を示唆していると思います。

すいません、余談で」

「いいえ、興味深い話です。先を」

ウマンもエピータの指摘は見落としていたが、無視できない問題なのはわかる。そしてこの問題を解決できないなら、平原地帯全体が定住民と移動民のネットワークによる一つの都市であるという仮説は崩壊しかねない。

仮説自体の崩壊は別にいい。現実によって仮説の修正が迫られるのは当たり前のことだ。問題は溶岩チューブの集落もそれ自体では自給自足できず、外部との交流が必要なのだが、不安定で予測不能の気象問題を解決しなければ、移動民は存在できないという矛盾が生じてしまう。

「探査衛星のデータを精査しているのですが、平原部の道路網は単純に直線で結んだものだけではなく、大きく迂回しているとしか思えない道路も散見されます。またクレタの墳墓ほどではありませんが、宿営地とも解釈できる方形の遺構が幾つか発見されました。それらはこれから発掘されることになります」

「気象が悪化した場合に避難するための施設だと?」

「それはわかりません。何らかの避難施設の可能性はもちろんあります。ですが、徒歩で移動していたビチマが急な気象変動に遭遇したとしたら、避難所に移動する余裕はかなりの幸運に恵まれない限り、ほぼ期待できません。

定住民が溶岩チューブのような地下世界に生活していたことも、気象変動の激しさを示していると思います」

そこでウマンはふと思い浮かんだことがあった。

「ビチマはエレモを狩っていた。エレモの生態が気象予測のヒントになっていた可能性はないだろうか?」

エレモと気象を結びつける発想はエピータにもなかったらしい。

「それは興味深い仮説ですが、その可能性は低いと思います。エレモが巨体で球形に近い形状なのは、気温の変化、特に低温に対して体温維持に有利な特性ですが、それはつまり気候変化に遭遇することを前提にした身体構造だと思います。

何よりも伝承とセルロースの酸素同位体の年代比較との関係で推測すると、エレモがビチマの前から消えたのはいまから四五〇〇年ほど前になります。ですからそれまでエレモに依存していたとしても、その後の四五〇〇年は自分たちの力でそれを解決しなければならなかったはずです」

「そううまくはいかないか。たとえばスーパーコンピュータとまではいかないにせよ、遭難からしばらくの間は携帯用のコンピュータが使えたと思う。そうしたものは活用できなかっただろうか?」

エピータはその可能性も考えていたのか、すぐに反論した。

「一〇〇〇年、二〇〇〇年なら可能だと思います。しかし、それ以上は機能を維持するのは無理でしょうし、そもそもコスタ・コンコルディアの遭難は三〇〇〇年も昔です。

集積回路の設計寿命は一〇万年とも聞きますけど、バッテリーやキーボード、表示装置の寿命はるかに短い。そしてコンピュータはすべての部品が稼働しなければ道具としては無価値です。一番短いコンポーネントの寿命がコンピュータの寿命になります。

実はこの事実はもう一つの問題を含みます。それはビチマがどのように自分たちの情報を記録したのかという問題です。コンピュータが使えるうちはそれでいいでしょう。しかし、それが使えなくなった時、ビチマはどうしたのか？」

「紙じゃないんですか？」

「私もそう思います。しかし、物証はありません。伝承には紙を用いたと思われる描写も存在します。ただシドンの環境では耐久性には問題があった。そして入植者の同化政策以降、コンピュータが使えるようになるとビチマも紙を必要としなくなったわけです」

確かにウマンも、エージェントは駆使しても、紙を用いることは稀だ。

「それでは博士は気象予測問題に対してどのような可能性を？」

「いえ、まったく仮説も立ちません。一つ考えられるとしたら、惑星シドンには一〇〇年単位で温暖化と寒冷化の周期的な変動があり、温暖期に道路などのインフラを整備し、寒冷期には溶岩チューブの住居に籠るようなパターンですが、これも現実の墳墓や道路の状況とは合致しません」

「わかった。それなら惑星気象学の専門家も加えよう。まずそこからだ」

「お願いします」

エピータの姿もこうして視界から消えた。

それからしばらくは特に大きな動きはなかった。ただ遺跡発掘から多くのことが割り出されていた。

まず船の積荷から発見されたエレモの骨は、その後の分析で同じ個体ではなく複数の個体であり、さらに骨の劣化具合などから判断して、死亡時期もバラバラであることがわかった。

しかし、それだけではなかった。船からは壺も発見されたが、その中にはエレモの骨を粉末にしたものが見つかっていた。当初、エレモの骨から何かの道具を作ると思われていただけに、粉末にする意味はわからなかった。

だがさらに壺を詳細に分析したところ、底の部分に、金属と化合した骨の粉末が付着しているのが発見された。金属は鉛と銀の化合物であった。

これから推測すると、ビチマはエレモを狩った後に、骨を捨てることなく、金属精錬の材料として活用していたと思われた。不純物の多い銅に鉛を混ぜて加熱し、銀などの不純物を骨の粉末から作った坩堝《るつぼ》に浸透させ、粗銅を得たのちに、電気精錬で純度を上げたのだ。

銅の精錬の過程で生じ、坩堝に浸透させた鉛の処理も未解決だった。それもまた資源であるためだ。灰吹法《はいふきほう》か何かで金や銀の精錬まで行なったのか、銅が得られればそれでよかったのか、現時点では判断はできなかった。

エピータによれば、ビチマの遺品と呼ばれるものに、金や銀などの貴金属は見られないらしい。今後発見されるかもしれないと述べた上で彼女は、ビチマは青銅の材料となる銅を中心とした限られた金属だけを精錬したのではないかという。

ビチマの総人口は推定で二〇万人以下であり、そうした社会で多種多様な金属精錬は木炭や鉱石確保の問題から難しいというのが理由である。鉄器の使用が行われなかったのも、シドンの土壌では精錬に手間がかかりすぎるというのが彼女の立場だ。

じっさい各地の発掘調査が進む中で、銅や青銅の道具は幾つも発見されているが、それ以外はなかった。調査されている船が沈んだのが、セルロースの酸素同位体による年代測定から三〇〇〇年前と言われていた。つまりビチマは、宇宙船の遭難から二七〇〇年にわたって金属加工技術やそれに関わる科学知識を維持していたことになる。この一点だけでも驚くべきことだ。

一方で、ウマン調停官の事件解釈は、虐殺の否定という点では受け入れたものの、ビチマが高度な精神文化を維持していたという仮説には反発する意見も出ていた。

これは、短期間の発掘調査だけでそこまでの結論を導くのは強引という意見によるものだが、多くは感情的反発であった。ビチマを奴隷にしていたという歴史だけでも問題なのに、そのビチマは技術文明を失った退化した人間などではなく、高度な精神文化を持っていたとなれば、問題はより深刻なものとなる。

さらにこうした意見には証拠もあった。それは初期入植者が惑星シドンに降下した時のビチマに関する映像記録である。そこには明らかに救いを求めているような姿があった。

それらのビチマは痩せていて、すべてを失った避難民のようにも見えた。そして映像資料に改竄《かいざん》がなされていないのは証明されていた。

この映像がウマンの説明に対する反論の根拠になっていた。ただこの映像にはやはり数十年前から批判があった。それは避難民のようなビチマの映像がこれだけということだ。数十人程度のビチマの姿で全体を判断できるのかという疑問はその頃から指摘されていたのだ。

もう一つは、この映像がどのような状況で撮影されたものかという情報が著しく乏しいことだ。撮影者の氏名さえ特定されていないのが実情だ。

ともかくウマン調停官の説明については「虐殺否定」こそ支持されていた反面、ビチマという存在の再定義については「調停官は不公正である」という反発が起きていた。

さらにエピータ博士によるビチマの気象予測問題についても、このことが説明できないならビチマの文明は存在しないという意見さえ出ていた。

ウマンとしては要請された殺人事件については解決したことで、ドルドラ星系から地球に戻ることはできた。逆に、彼の判断でなお残ることも認められている。

ウマンはこの件に関してクワズの意見を確かめることにした。この状況をクワズが弁務官として解決できるなら地球に戻るし、なお支援が必要なら滞在を延長してもいい。

ウマンはエージェント経由でクワズに会見を求めると、彼は自宅に招いた。弁務官の自宅と言っても、ネオ・アマコでは執務室に隣接したものだ。ただセキュリティ的に執務室以上に他人の入室は難しい。ウマンに付き従うドローンも弁務官の自宅には入室できない。

実をいえばウマンもクワズの私邸に入るのは初めてだった。もっともこうした弁務官の私邸には公的な基準があるので、内装は変えられても間取りはウマンのそれと大差ない。

そんなつもりで入ったのだが、クワズの私邸は大昔の映画館を連想させる作りだった。壁一面に映像が映り、部屋の反対側には三列ほどの椅子が並んでいる。自分以外に席につく人間もいないだろうに、クワズは最前列の真ん中で、おそらく数世紀前に製作されたと思われる映画を投映している。それがわかるのは、画質もさることながら映像が二次元平面でしかなかったからだ。いわゆる映像コンテンツが三次元映像になってすでに数世紀の歴史がある。

「適当に座ってくれ」

クワズは映像を見ながら言う。身振りで近くにある大型の紙カップを取れという。中にはいまどき珍しいポップコーンが入っている。ウマンはクワズの隣に座った。

「あくまでも自分の希望だが、調停官にはいましばらく滞在してもらいたい」

それはウマンも予想していたことではあった。現状はいかにも中途半端である。

「弁務官の要請に応えるのはやぶさかではないが、しばらくってどれくらい？」

「調停官に来てもらってから、三ヶ月か。それでここまでの成果を上げられた。なら最大で三ヶ月か。まぁ、君が半年いて解決できないような問題なら、一年いても状況は同じだろうしな」

「つまりは明確な期日は未定ということか？」

「そういう解釈もできるな」

クワズは認めたが、彼自身が事態の終着点を見定められないでいるようにウマンには思えた。どうにも解決がつかねばドルドラ星系を解体するとまで言っていた彼だったが、入植者やビチマ自身の認識の改革は始まったばかりであり、現時点で星系の解体という結論を出すのは早計すぎる。しかし、そのための社会の動揺をどうするか？　それに対する解答を彼は模索しているようだ。

「それはそれとして、弁務官は何を観ているんだ？」

映像はウマンがあまり目にしたことがないようなものだった。時代は二〇世紀の前の方らしい。海の上で大砲をいくつも備えた装甲艦が互いに撃ち合っている。

「ビスマルクという戦艦が大昔に建造されて、それをイギリス海軍の戦艦が追跡して沈めるって話だ。面倒な問題に直面した時には、こういう単純明快な映画に限る。平面を移動して、砲弾の位置座標を標的の座標と一致させる。それ以外のことは描かれていない。

調停官の君に文句を言うつもりなど毛頭ない。ただビチマの歴史もそこからの反応も、予想以上に複雑だ。弁務官として想定した着地点の座標は大幅に修正を迫られている。それと比較すればビスマルクを沈めるなんて単純な話さ」

映像で語られている内容はウマンにはよくわからないが、劇中の当事者たちにとっては、ビスマルクを追撃するというのはクワズが思っているほど単純ではないように思えた。

「そこまで複雑かね？」

「複雑だよ、ウマン。たとえばエピータが悩んでいる気象問題だ。ハイランド山脈以南の平原地帯に分散している地下居住地を、ビチマの移動民が結ぶことで一つの巨大な都市機能を構築している。これは言ってしまえば美しい絵だ。しかし、その絵には問題がある。そもそも地下に居住区を建設したのはシドンの気象が不規則で過酷なためだ。

だがそれならばどうやって、気象衛星もコンピュータもないビチマが移動できたのか？しかも溶岩チューブの地下居住地は、移動民がいなければどこも自給自足できない。

移動民と定住民で広大な領域に一つの有機的な都市を建設していたという美しい絵は、気象問題を解決しない限り大きな傷を抱えている。そしてこの傷を根拠にビチマの精神文化を毀損《きそん》しようとする人間たちもいる」

「だが、その問題を解決すれば、ビチマの高い精神文化を証明できるだろ」

「簡単に言ってくれるな、調停官は。たぶん発掘調査が進めばこの問題は解決するだろう。しかし、それまではビチマの精神文化問題は従来の偏見の解消を却《かえ》って遠ざけかねない。

槍玉に上がるのは弁務官事務所だろう。

だからね、こういう単純な映画で頭をリセットするのさ」

「なるほどな」

ウマンはクワズが真に求めているのは、調停官としての自分ではなく、遠慮なく愚痴を言える相手なのではないか。そんな気がした。パーソナルエージェントも愚痴を聞いてくれるし、相槌も打てば、時には提案もしてくれる。

しかし、それは鏡に向かって話すようなものだ。理性はそれでも良かろうが、感情が求めているのは違うのだ。ウマンはそこで旧友の話し相手になることにする。

「さっきから観ていて、装甲艦は二、三〇キロ離れているみたいだが、どうやって砲弾を命中させるんだ？　この時代には確かレーザー光線もなければ、集積回路はおろかトランジスタも発明されていないだろ」

クワズはこうしたことには詳しいのか、嬉しそうな表情を浮かべた。

「いまのように砲弾が相手をセンサーで認識して、互いの座標を一致させようとするなんて芸当は当時は使えなかった。そもそも発想が根本から違う。

一応な、地球上での位置座標や、相手との距離、互いの速度、互いの進行方向は基本として、気温や湿度や地球の自転速度なども考慮して敵に向かって砲弾を撃つ」

「そうして命中させるのか？」

「そうじゃない。根本的な考え方が違う。まずさまざまなパラメーターを用いて方程式を解いても、大砲から砲弾を撃ち出すときのミクロレベルの物理的相違があるから、計算では一〇キロ先に落下するはずの砲弾でも、撃つたびに誤差が出る。これを公算誤差というのだがな、この映画の戦艦なら射撃距離にもよるが、一門につき五、六〇メートルくらいだ」

「それじゃ命中しないんじゃ？」

「だから発想が違う。ビスマルクなどは主砲を八門装備しているが、これらを一斉に撃てば、個々の主砲に公算誤差があるから、砲弾はある範囲内に弾着する。この弾着する範囲を、散布界と当時は呼んだそうだ」

クワズはウマンに熱心に語り、すでに画面など見ていない。

「それで散布界は砲弾数に依存するが、八門で三、四〇〇メートルの散布界だ。それで当時の戦艦は全長二〇〇メートルくらいだから、散布界と敵戦艦の座標を一致させれば、確率的に砲弾は何発か命中してくれる。これが当時の砲戦だ」

ウマンはその話をなかなか信じられなかった。

「そんな面倒な計算をコンピュータなしでよくやったな」

「あぁ、そうねぇ、いや、コンピュータはあった。計算する機械という意味では。歯車とかカムを利用してハンドルを回してパラメーター設定して計算する。積分とか指数計算が必要なら、それはカムや専用の歯車に組み込んでおけばいい。そうすればハンドルを回転させれば、大砲を向けるべき方位と仰角が出る」

クワズは熱く語るのだが、さすがにウマンには歯車のコンピュータについてイメージできないので、ジャンヌにどんなものか調べさせた。その結果は驚くべきものだった。

「クワズ、柳下技官は戻ってるか？」

「いや、まだクレベのラボのはずだが。どうも分析に苦慮しているらしい」

「まぁ、それなら次に優秀な技官を呼んでくれ。ビチマの気象問題は解決したかもしれん」

数日後にウマンは自分の仮説をクワズに提示することができた。彼らは弁務官の執務室にいた。

「まず惑星シドンの気候変動モデルだ。生憎《あいにく》と気象データの精度は高くない。気象観測衛星さえ常設されていなかったからな。ただ、貿易のためにやってきた宇宙船の一五〇年に及ぶ映像データはある。それを参考にモデルは修正された」

仮想空間の中に惑星シドンの立体映像が現れた。それらは一年を一秒に圧縮してあるため、惑星表面は目まぐるしく気候を変化させていた。雲の動きなどはよくわからないが、海岸線は顕著に拡大したり縮小したりしていた。

「ある程度の精度を確保されているのは直近の三〇〇年ほどだ。ただシドンの木から採取したサンプルの変化からもモデルの修正をしているから、ビチマが遭難してからの大きな環境変化については、ほぼ再現できていると思う」

「それで何を証明する？　ビチマの気象問題を解決したと聞いたが」

困惑気味のクワズにウマンは説明を続けた。

「弁務官は気にならないか？　コスタ・コンコルディアの乗員たちが惑星シドンに降り立った時、最初に入植地を建設したのがどこなのか？」

「どこと言われても、惑星全体を捜索はできないだろ。三〇〇〇年前の集落なら埋もれても不思議はあるまい。幸いにもコスタ・コンコルディアの墜落場所はわかってるがな」

「いや、それほど単純な話じゃない。現在、探査衛星で遺跡が疑われる場所はかなり絞り込まれ、ドローンによるスクリーニング検査で確実な場所が幾つかある。

ところが、それらは一番古くても一五〇〇年から一八〇〇年ほど前のものに過ぎない。つまりハイランド山脈以南にビチマが生活圏を築く前の一〇〇〇年以上が不明なんだ」

「乗員たちはハイランド山脈以南に降りたんじゃないのか？」

クワズには、それは予想外のものであったらしい。

「シドンに限らず、惑星の環境には軌道の要素が大きく影響していることが知られている。

軌道傾斜角や自転軸、自転周期、公転周期、離心率などだ。さらに惑星シドンは火山活動が活発だが、ドルドラ星系の第二惑星グンサーと恒星の潮汐力の影響を受ける。

グンサーは地球質量の一〇倍以上あるが、ガス惑星としては小さい。条件さえ整っていたならば、ここは連星系になっていたのかもしれない。

ともかくこの潮汐力の影響が惑星シドンの火山活動にも周期性を与えている。言うまでもなく、火山活動は惑星環境にも影響する。さらに付け加えるならば、シドンもグンサーも惑星軌道の離心率は意外に大きい。

これらの要素をスパコンの気象予測プログラムに入力すると、惑星シドンの気象は複雑怪奇な様相を呈する。ただ概ね一〇〇〇年ほどの大きな周期で、温暖な気候の時期と寒冷な気候の時期の入れ替わりがある」

そして、惑星の表面は三〇〇〇年前の姿を示す。

「コスタ・コンコルディアが現れた時、シドンの気象は温暖期の後期だった。この時期は地殻も隆起傾向にあり、海岸線は陸地から海洋に前進していた。

宇宙船の乗員たちがこの惑星で生活する上で快適な場所を選ぶとして、人類の大都市が建設されるのと類似の場所と想定するのは自然だろう。大河の河口付近の平野部。河川交通で内陸部に進出可能で、海洋からの資源入手も容易だ。

　ところが地殻運動の停滞期により、温暖期が終了し、隆起から沈下の時代になると大規模な海進が起こる。つまりビチマの祖先は寒冷期に備えてそれまでの拠点を捨てて、新天地に向かわねばならなくなる。

　この段階で初期のビチマは、宇宙船から降ろしたものをどれだけ確保していたか不明だ。何も残っていなかったことも考えられる。一つ言えるのは、輸送できないものは放置するしか無かったことだ」

「つまりビチマの最初期のコロニーは海中に没したというのか？」

「モデルが正しければそうなる。世紀を跨《また》いで幾多の植民星系でモデルの修正を続けてきたシミュレーションだから、大きな間違いはないはずだ。

　この寒冷時代にビチマがどのように生存していたかは不明だが、ハイランド山脈の周辺の地殻運動が活発になり、平原部が拡大し始める。しかし、寒冷時代のビチマにとっては魅力のある地域ではなかったと思う。

　氷河がかなり拡大していたので、氷穴の中に都市を建設するようなことも行われていたかもしれないし、すでに溶岩チューブを活用していても不思議はない。

　この時の寒冷化は数百年という比較的短い時代だった。そしてシドンの気象は再び温暖化の時代を迎える。しかし、この温暖期は気象の変化が目まぐるしく、スポット的に酷寒、期が訪れるようなカオスな気象だ」

「ウマン、それならビチマの気象問題はまったく解決しないだろ」

「話を最後まで聞いてほしい。惑星規模で気象混乱の時代を迎える中で、一ヶ所だけ、比較的簡単な算術処理で気象変化が予測可能な土地がある。それがハイランド山脈以南の平原地帯だ。

簡単な算術処理と言っても数値積分などが必要だ。しかし、彼らにはそれを計算する術があった」

「スパコンが使えたとでも言うのか？」

「ある意味ではそうかもしれない。コスタ・コンコルディアの乗員たちは、惑星軌道上に残した宇宙船との通信回線さえ開いておけば、地上からも宇宙船のスパコンは活用できた。それが何年間なのか、何十年なのか、あるいは数世紀だったかはわからない。

ただ居住地を建設してすぐに彼らは特異な惑星環境のことを理解したはずだ。長期的な環境変化を予測していたからこそ、彼らは惑星レベルの気象変動をも生き抜けたのだろう」

「だとしても、軌道上のコスタ・コンコルディアは遂に地上に墜落し、おそらくそのはるか前からスパコンは使用できなかったはずだ。それでも彼らはどうやって生きてきた？」

ウマンは、ミサナ・バンバラの遺体の甕から発掘された青銅の道具を表示させる。

「ビチマの部族のリーダーが、統治の正当性を示すためにナゴンというものを持っていたと伝承にある。これがナゴンだ。おそらくナビゲーション・コンピュータと最初は呼んでいたのかもしれない」

「この麺棒みたいなものがコンピュータ？」

クワズは明らかに信じていなかった。

「錆びついて何かわからなかったが、核磁気共鳴やX線照射で内部に機械的な構造を持つことが確認できた」

そしてウマンは、持っていた青銅製の細長いイモのような物体をクワズに見せる。

「ルバレからナゴンの心臓と呼ばれているといわれたものだ。自分も最初は紛《まが》い物と思っていた。しかし、違った。いやヒントをくれたのは、クワズ、君だ」

「ヒントって？」

「公算射撃の話さ。戦艦の砲術用の計算機を調べたら、まさにナゴンの心臓に酷似した部品があった。

完全な解析はこれからだが、ビチマはコンピュータが活用できる間に、ハイランド山脈以南の領域で気象予測を行うための微分方程式を組み立てたらしい。錆で覆われたナゴン表面の紋様は数式と数表を描いたものだった。

ただビチマが求めた複数の微分方程式は数値積分を行わねば解析できない。だから彼らは稼働しているコンピュータを駆使して解を求めた。ナゴンの心臓のこの曲線こそ、そうして導いたグラフなんだよ。ナゴンは心棒を回転させ、側面にある複数のレバーを動かすことで必要な計算結果を表示する機能があるんだ」

「つまりナゴンとは気象予測を行うための、機械式計算機だというのか！」

「墜落したコスタ・コンコルディアの艦首部からは、ワープ関連のクラスターコンピュータユニットが撤去されていた。

推測だが、乗員たちはそのクラスター化されたコンピュータユニットを解体し、複数の小型コンピュータとして活用したのだと思う。それなら電力もそれほど必要としない。

だから入植からしばらく乗員たちは軌道上の宇宙船を含め、コンピュータを活用できたはずだ。彼らの最大の課題は地球とはかけ離れた惑星シドンの環境で生き抜くこと。

そのためには良好な環境条件の場所で生活する必要がある。おそらく宇宙船のスパコンが使えなくなった時、彼らは手元の小型コンピュータで気象計算を行なった。

そして彼らは小型コンピュータの寿命を迎える段階で、自分たちの技術で製造可能な機械式計算機を開発することを決めた。コンピュータが使用可能な間に、想定されるパラメータと対応する結果を計算し尽くし、結果をナゴンの心臓として完成させた」

「しかし、そんなことが本当に可能か？」

「半導体を用いたコンピュータから機械式計算機への完全移行がどの段階かはわからない。だがさっきも言ったように、ハイランド山脈以南の平原部の気象は、一〇〇〇年程度は複雑ではあるものの、いくつかの基本的なパターンで変異することはわかっている。具体的な気象は、その基本パターンの合成で求められる」

クワズはコスタ・コンコルディアの乗員たちが最初に降下し、コロニーを建設したと思われる候補地を見ているようだった。

「惑星シドンの海洋は、いまの我々の技術だから航行できるが、本質的に荒れた海だ。ビチマが河川移動を重視していたのも、海洋交通が使えないことを意味しているのかもしれない。

そうなるとビチマはどこかの時点で、ハイランド山脈を越えてこちら側に大移動を行なったことになるのか。陸路しか残されていないから」

クワズもウマンの説明に驚きつつも、その内容を咀嚼しようとしていた。

「そうであれば、彼らが築いてきた多くのものを現地に残さざるを得なかっただろう。ただし、彼らの大移動の原因が長期的な気象予測によるものなら、移動のための十分な準備時間はあったはずだ。

時間的な余裕さえあれば峻厳な山道を短期間に走破する必要はなく、遠回りでも安全なルートを通じて現在の平原部に移動することはできたと思う」

ウマンはナゴンの最終的な姿をクワズの前に見せた。それは円筒の太い部分の先端がダイヤルになっており、指針と本体に刻まれた数字を合わせるようになっていた。

ダイヤルは三段になっており、数字から判断すると公転周期、自転周期となっており、三段目は時間の誤差を修正するためのものらしい。

さらにダイヤルの外周には数字を表すらしい八個の窓と、その下に計算尺のように数字が刻まれたスリットがあり、青銅製のボタンがスリットに沿って上下に移動できるようだった。

このダイヤルを設定し、スリットを上下させることで内部の歯車が回転し、必要な計算を行い、その結果を表示する機構と思われた。

「内部構造を再現してモデル化すると、こういう動きになるようだ。ジャンヌに使い方を推測させたが、観測される天体の位置から、正確な現在位置と基準となる時間を割り出す機能が一つ。そこからスリットを操作して歯車を切り替え、特定の座標で、特定の時間に気温がどの帯域にあるかを割り出す。

この作業を根気よく繰り返すならば、安定した気温の帯域を割り出せる」

「そうやって安全なルートを予測して移動した。だから道路の中には意図的に迂回したようなものもあるのか」

クワズはナゴンの能力に感銘を受けているようだった。そうだろう、スパコンと同等の機能をこの青銅製の道具が備えているのだから。

「いまのところ物証はないが、エピータによるとビチマは紙に相当するものを使っていたらしい。それならば、ナゴンの観測結果をより詳細に解釈するための数表か何かがあっても不思議はないと思う。

王はナゴンによって部族を導いたとある。それは象徴的な意味だと思っていたが、どうも具象的な意味だったようだ。

ただ、これだけで完璧な気象予測は無理だったとは思う。パラメーターに補正をかける機能が織り込まれているのは、ナゴン単体の計算にも限界があるためだろう。より正しい計算をするために、指導的立場の人間には高度な数学なり気象学なりの知識が必要だっただろうし、おそらくビチマはその知識を伝承していた。

優れた王がナゴンで人々を導けたのも、それを正しく使いこなせるだけの知識と能力があればこそだ。だから部族もそれを支持した。それは自分たちの命にも関わる。

　それでもなお突発事態が起こり得るからこそ、街道には避難所となる場所がいくつも用意されていたのかもしれない」

「姉のイック・バンバラは科学と数学の知識に長《た》けていたので、諸部族はその指導に従ったが、弟はそれほどでもないので、ナゴンを使いこなせず部族の離反を招いた。そういうことなのか？」

　すべてを納得しそうなクワズにウマンは釘を刺す。

「ただしナゴンが気象予測用の計算機である以外は、憶測か、よくて仮説に過ぎない。真相がどうなのかは遺跡発掘を続けてゆくよりないだろう」

「調停官の意見は承《うけたまわ》った。が、それをどう使うかは弁務官として判断させてもらう。うまくゆけば、自分はドルドラ星系最後の弁務官となるかもしれない」

　二人がナゴンのモデルに感動している時だった。ジャンヌが緊急事態を報告する。

「ネオ・アマコから発射された一連のコンテナ群が、偵察巡洋艦クレベとの衝突軌道に入っています」

　それに声をあげたのは、ウマンよりもクワズが先だった。

「どこかの馬鹿が調停官の宇宙船を破壊しようとしているのか！」

　ジャンヌはクワズの発言を自分への質問と解釈した。

「マスドライバーは、申告されているものとは別の軌道でコンテナ群を打ち上げています。総数は一〇。これはクレベへの攻撃です。すでに地上のミラージュは発進準備にかかり、ドローンを増強し、弁務官事務所への警戒レベルを上げています。クレベはコンテナ群の迎撃準備に入りました」

視界の中に惑星シドンの姿と偵察巡洋艦クレベの軌道、そして刻一刻とクレベに接近するコンテナ群の軌跡が表示される。

「調停官より命じる、ジャンヌ、派手にやれ」

「ジャンヌは命令を了解しました。派手にやります」

「派手？」

命令の意味がわからないクワズには誰も説明しないまま、巡洋艦は迎撃準備を進めている。

「弁務官、外の景色を投影できるか？」

「できるが」

「なら全天表示にしてくれ」

周囲の空の様子に上書きするように、巡洋艦とコンテナ群の位置関係が重ねられる。

視野の一角で巡洋艦の状況が拡大される。船体下部のレーダーユニットに最大限の電力が供給され、デザインのアクセントと思われていた瘤《こぶ》状の部分は窓が開き、二〇門のレーザー光線砲が展開する。

しかし、レーザー光線砲は接近中のコンテナを破壊したりせず、その代わり船体内蔵の垂直発射装置からコンテナと同数のミサイルが打ち上げられ、それらはクレべから安全な距離まで離れると、減速する方向にスラスターを作動させ、急激に高度を下げ、コンテナ群へと向かってゆく。

ここでレーザー光線砲の一門がコンテナ群に対してレーザー光線を照射するが、コンテナ群の軌道は変化しない。

「レーザーによりコンテナ群の計測完了。照準を修正」

ジャンヌはそう報告するが、高度を下げ、再度の機動を行なっているミサイルが、先ほどのレーザー光線による計測でどれほどの軌道修正をしたのかはウマンにもよくわからない。

しかし、ここで一〇個のコンテナの中の二個がロケットモーターを作動させる。これだけが急激に機動を変更した。

「二機のコンテナがブースター加速を行いました。燃焼のスペクトルから水素・酸素燃焼であることを確認。核動力ではありません」

八機のコンテナはマスドライバーから打ち出された軌道のまま、クレベへの接近を続けるが、それらは次々とミサイルにより破壊された。

残り二機のコンテナは綿密な計算によるタイミングで加速を行なったのか、ミサイルは命中せずに逸れて行くかに見えた。

「外れたぞ!」

「弁務官、ジャンヌを信頼してくれ」

ウマンはクワズを落ち着かせる。その間にミサイルはコンテナ二機の前方ですれ違うかと見えた。だがクレベのレーザー光線砲は、命中しないはずのミサイルを部分的に砲撃し、そのロケットモーターへの誘爆により、コンテナと衝突する位置に移動させた。

大破したミサイルと十分に加速したコンテナはそこで衝突し、爆散する。破片の中で大きなものをクレベのレーザー光線砲は順次破壊してゆく。

一連の戦闘は、夕焼けの赤い空の中で、白い閃光の明滅として観測された。偵察巡洋艦クレベは自らを破壊しようとする物体を防御火器を駆使して一掃した。

クレベを攻撃した犯人たちは、ネオ・アマコやサイリスタの上空で巡洋艦が破壊されるタイミングを選んだのだろう。だが現実は、偵察巡洋艦クレベが無敵であること、つまりは調停官を武力で屈服させることはできないことを示したに終わった。

「派手ってのはこれか……」

クワズは旧友の采配が意外だったらしい。学生時代のウマンからはこんなやり方は想像できなかったのだろう。

「犯人が誰かは知らないが、市民の前で調停官の権威を失墜させようとした。ならばこれが無駄な真似だと示さないとな。レーザーで撃ち落とすのは簡単だが、ミサイルで攻撃する方が強い印象を与えられるさ。

それよりもだ……」

ウマンはエージェントを介して、クレベの艦内で頭骸骨の調査をしている柳下に連絡を入れる。

「驚かせて済まなかった。緊急事態だったのだが、君たちに怪我はないか？」

柳下が無事なのはウマンにはわかったものの、彼女の思い詰めた表情が気になった。

「何かあったのか？」

「調停官、高等技官の職業倫理に照らして検査結果を報告します。何度も計測し直しましたが結果は同じです。

イック・バンバラと判断された死体の頭骸骨は、明らかに金属製の刃物により殴打されています。そして傷口から検出された金属組織を分析した結果、それらは純粋なアルミニウムであることがわかりました。青銅でも銅でもありません。つまりイック・バンバラと思われる人物を殺傷した凶器は、ビチマのものではありません。アルミ精錬が可能な工業力を持った何者かです。それが入植者かどうかはわかりませんが、惑星シドンでそれが可能なのは、入植以降の人類です」

8　エレモ

「まず頭骸骨の傷から推定される凶器はハンドアックスのような形状である。この点に変更はありません。問題は傷跡から検出された金属の組成です。X線をはじめいくつかの方法を試してみましたが、結論は同じです。純粋なアルミニウムです」

偵察巡洋艦クレベからネオ・アマコに帰還した柳下技官は、クワズ弁務官の執務室で、検査結果を報告した。いうまでもなくウマンもそこに立ち会っていた。

「溶岩チューブで発見されたボイラーは、電気精錬された銅板から製造されたと聞いている。

ならば、アルミの電気精錬技術くらい持っていても不思議はないんじゃないか。もちろんアルミ製錬を行なっていた物証はないが、それを言えば銅の電気精錬がわかったのも最近だ」

クワズ弁務官はそうした意見を述べてみるが、柳下の表情は硬いままだ。

「それなんですが、サンプルが微小なので精度に限界はあるものの、検出されたアルミの結晶構造から、殺人に使われた刃物は、低重力もしくは無重力環境で製造されたと考えてほぼ間違いありません。

しかも、先ほども報告したように、このアルミは純粋のアルミニウムです。ボイラーの銅板のように微細な不純物など検出されません。技術水準が違います。

もちろんコスタ・コンコルディアが機能していた時代に、船内で製造された可能性も検討してみました。ですが、アルミ精錬の設備など積まれておりません。さらにイック・バンバラが殺されたのが五〇〇〇年前と推測されますが、二五〇〇年もアルミの道具が維持されるというのは疑問です。

一番不可解なのは……」

「ハンドアックスを純粋アルミで作り上げたことか?」

ウマンの指摘に柳下はうなずく。

「ビチマの遺跡発掘はまだ始まったばかりですが、青銅器は幾つか発見されています。その中には今回の事件に用いられた凶器と形状が合致するようなものもありました。実用性ではそちらの方がはるかに高い。

なのにどうして純粋なアルミでハンドアックスを作り上げたのか？　明らかに不合理です」

「しかし、それで言えば入植者にしても、そんな道具を製造する必要はない。彼らがそうした道具を作って、虐殺を行い、たまたまイック・バンバラの埋葬地と矛盾しない場所に死体を捨てたというのも、筋が通らない話じゃないか」

クワズは柳下の分析に疑問を述べたというより、合理的な説明のつかない現実に苛立っていた。

「ともかく五〇〇年前に純粋アルミ製のハンドアックスが存在すれば、問題はないわけだな」

そう言いながらもウマンは、それのどこから手をつければいいのか途方に暮れていた。

「航空機の非常用ツールキットは、軽量化のために軽合金で作っていると聞いたことがあるが、その類の可能性は？」

「その可能性も検討しました。確かにそういう事例は存在します。しかし、軽合金は合金であって無垢《むく》のアルミではありません。道具として不合理なんです」

ウマンはこのことをどう解釈すべきかわからない。何よりもハンドアックスを純粋アルミで作るということがそもそも不合理なのだ。ビチマがアルミ精錬を行うのは、銅の精錬よりもはるかに手間がかかるだろう。むろんアルミニウムは有用な金属ではあるが、ハンドアックスよりも合理的な使い道はいくらでもあるだろう。

さらにビチマではなく入植者の仕業としても、問題は変わらない。凶器とするならもっと別の道具が幾らでもあるからだ。純粋アルミのハンドアックスをわざわざ用意する必然性がない。

「客観的に考えるなら、この結果は入植者による虐殺を肯定するものではない。さらにイック・バンバラとミサナ・バンバラとの血縁関係は証明されたものの、伝承通りに殺害されたかどうかは不明となった。

仮にこのハンドアックスの存在が不合理としても、これがミサナ・バンバラの持ち物であれば、我々が証明しようとしている問題に影響はないだろう」

ウマンは状況を整理したが、純粋アルミのハンドアックスがミサナ・バンバラの持ち物であることを証明できるかという自信はない。そもそもそんな凶器が存在するという証拠もないのだ。しかし、柳下はウマンの発言から別の可能性に気がついたようだった。

「そうした方向で考えたことはありませんでしたが、可能性はありますね。いま思ったのですが、実用性のない金属器が合理的である場合が一つ考えられます。それは祭具です。ビチマに、それとはっきりとわかる宗教はないようですが、儀式は存在したようです。墓所や石室を作り上げたのも、ランドマークという実用本位だけとは考えにくいですから。少なくとも彼らには独自の死生観があった。

コスタ・コンコルディアがまだ機能しているときに、何かの象徴としてアルミ製のハンドアックスを製造し、それが有力者に代々継承されていたようなことがあれば、説明はつきます」

「柳下技官、あなたの仮説は素晴らしい。しかし、どうやってそれを証明する？　物証がなければ、空論に過ぎない」

クワズは柳下に何か考えがあると思ったのだろう。やや挑発的な態度で受けた。そして柳下にはそれなりの腹案があった。

「まず真っ先に行うべきは、ミサナ・バンバラの死体が納められていた甕《かめ》の精査です。伝承が正しいなら、凶器の持ち主はミサナであり、それが祭具なら共に埋葬されていたはずです」

「祭具の存在は仮説だが、十分検討に値するだろう。エピータ博士と連絡して調査してもらいたい。弁務官事務所からの依頼として」

そのタイミングでクワズのエージェントが来客を告げる。それに合わせるかのように、柳下は一礼して、ラボへと戻っていった。来訪者は暫定自治政府代表のファン・ダビラと暫定議会議長のレン・バルバットの二名だった。

「どうする？　戻ろうか？」

ウマンはクワズに尋ねる。自治政府や議会代表がやってくる理由は、偵察巡洋艦クレベがマスドライバーで攻撃された件しか考えられない。自治政府関係者はウマンに状況説明する前に、弁務官による仲介を依頼するのだろう。

何の被害も損害も出ていないため、ウマンはこの事件をそこまで重大なものとは認識していなかった。もちろん現地の市民が調停官の宇宙船に明白な意図を持って攻撃を仕掛けるなど、大事件以外の何ものでもない。

ただ実行犯が誰であれ、攻撃に失敗し目的を達せられなかっただけでなく、偵察巡洋艦の火力を見せつけられる結果となった。攻撃した側が怯えているだろう。ウマンがあえてミサイルによる迎撃を選んだのは、そうした視覚効果を計算してのことだ。単に防御するだけならレーザー光線砲で瞬時に終えられた。

「いや、君だって状況を知りたいだろう。それに茶番だったとしても、彼らに説明の機会は与えるべきだろう、違うか？」

「まっ、ここは弁務官の判断に従おう」

程なくしてダビラとバルバットの二人が現れる。

「まず暫定自治政府代表として、今回の調停官へのテロ行為を遺憾に思っていることをお伝えしたい」

ダビラの発言に、クワズは軽い笑みさえ浮かべて二人に席に着くよう促すと、全員分のコーヒーを運ぶようにエージェントに指示した。そうして弁務官事務所の人間がコーヒーを並べる。それが給仕ロボットでないことに、ダビラとバルバットはクワズの真意を計りかねているようだった。弁務官に門前払いさせられることも最悪の想定として考えていたのだろう。

「そちらの遺憾の意は承《うけたまわ》りましたが、正直、小職としては意外でした」

クワズの発言に自治政府と議会の二人は困惑していた。

「意外と申しますと？」

「今回の惑星シドン市民の悪意あるテロ行為は、調停官の判定がシドン市民の感情を傷つけたことにより生じたもので、いわば自業自得である、と主張なさるものと弁務官として覚悟していたものですから」

「それは調停官も、自身の判定がシドン市民の感情を傷つけたという認識なのですか？」

バルバットはここは攻めに出るべきところと判断したらしい。確かにこの二人にとっては、本音の部分では事件の原因はそこにあるとの認識なのだろう。クワズが何も言わないのを了解の印として、ウマンは直接返答する。

「暫定議会議長及び暫定政府代表の認識としては、調停官はテロリストの感情に理解を示すべきであるとの立場なのか？　それ故にいまのような質問になったのか？　そもそも二人がテロ行為の犯人の感情について知悉《ちしつ》しているかのような発言には、小職としては関心を向けざるを得ない」

それは要するに「テロリストの感情を論じられるというのは、暫定自治政府はテロリストと何らかの関係があるのか？」という意味の質問だった。クワズの発言とウマンの発言にはズレがあり、市民感情とテロリストの感情はイコールではない。その点では質問に質問で返す発言は、言いがかりに近い。

ただウマンはそれによって、確認したいことがあったのだ。

「言うまでもなく、暫定自治政府も議会も、過日のテロ行為に関して何ら関係はない。その件について本日は報告するつもりだった」

ダビラは青ざめた表情でそう説明し、クワズがそれを受けた。

「暫定自治政府代表からの報告とは?」

「自治政府警察局長マドラス・ミーゴは昨日付で解任されました。調停官の安全を守る立場でありながら、職務怠慢によりあのようなテロの実行を許してしまった。解任は当然であると暫定自治政府は認識しています。このことは我々が真相究明に真剣に取り組んでいることの表れと理解していただきたい」

「ミーゴ局長の解任はわかりましたが、後任は?」

「後任人事は現在検討中ですが、このような事態に治安に責任を持つべき警察局長の空白は状況が許しません。このため異例ですが、私が臨時の自治政府警察局長職務執行となります」

驚いたことに、そう名乗り出たのはバルバットだった。警察機構は行政府に属し、バルバットは立法府の議長だ。それが臨時の処置とはいえ、行政機関に属する警察機構のトップになるなど、三権分立の逸脱は明らかだ。

だがこれは合法であった。非常にアクロバティックな法解釈であるが、暫定自治政府や暫定議会は、弁務官が置かれている状況では正式な行政府でも立法府でもない。そもそも弁務官という存在がいる状況では三権分立は厳密な意味で成立していない。

したがってバルバットが警察局長を兼任することは褒められたことではないが、合法なのだ。もっとも管理職レベルで行政職経験者が少ないドルドラ星系では、こんな非常手段を用いねばならないのだろう。

「犯人の目処《めど》は何か立っているのですか？」

　クワズはやっと自然な流れの質問をした。

「マスドライバーの管理機構に協力者がいたのは間違いないでしょう。コンテナの改造についても絞り込めると思います。ただ物証であるコンテナは入手不能であることと、残念ながらマスドライバーの制御システムは古いものを使用しているため、その面のセキュリティは万全ではありません。ただシステムに詳しい人間も少ないので、対応は可能なはずです」

「今回のような事態が二度と起こらないように、万全の対策を暫定自治政府として保証できますか？」

　クワズはバルバットに対して、それを念押しする。実のところこの質問にどこまで意味があるのかには疑問もあった。暫定政府側の立場からして「保証できません」とは言えないからだ。

「確約はできかねますが、最善は尽くします」

　バルバット警察局長職務代行の返答は、彼女の置かれた状況としては誠実なものとウマンは理解した。それはクワズも同様であったようだ。

「弁務官事務所としては暫定自治政府の捜査に容喙《ようかい》する考えはありませんが、情報共有をする予定があるならお願いしたい」

「了解しました」

ダビラとバルバットは、そこからはクワズと若干の調整の上で去っていった。ウマンもいくつかの質問をしただけで、基本的に話し合いはクワズに委ねていた。

暫定自治政府の人間がいなくなると、クワズは近くのソファーに身体を投げ出す。

「いやいや、彼らとの対面は疲れるな」

ウマンは近くのスツールに腰掛け、そんなクワズを見る。

「疲れるのはいいが、これからどうなる？」

「まぁ、犯人は見つからないだろう」

クワズはそう言い切った。

「見つからない……犯人を捜査する気がないというのか？」

「ネオ・アマコのマスドライバーにあんな細工ができるとなれば、暫定自治政府関係者じゃなければ無理だろう。単にマスドライバーの制御を奪っただけじゃない。コンテナの中の二つはブースターで加速しているんだ。

シドンにも色々な団体があるが、技術を持っている連中は少ない。犯人を知らないまでも、暫定自治政府は犯人の帰属集団については把握しているはずだ」

「でも、逮捕しないのか？」

「しないというよりできない、だな。サイリスタにせよネオ・アマコにせよ、技術を持った人間はシドンでは少ないんだ。たとえばマスドライバー関係のエンジニア集団が犯人となれば、軌道への打ち上げ施設は稼働できず、そうなればシドン経済に深刻な影響を与えることになる。

とはいえ、何もしませんでは弁務官事務所の介入を招く。落とし所は、再犯予防だ。同じ犯罪は二度と起こさない。そのために暫定自治政府が各方面に圧力をかけるのさ」

「それで犯罪が予防できるのか？」

ウマンには俄《にわ》かに信じがたい話だ。

「これはシドンの特殊事情だ。暫定自治政府や議会メンバーは、この社会における数少ないテクノクラートだ。というより、シドン社会のテクノクラートの中から自治の動きが出てきた。

だから一部の連中の暴発で完全自治が遠のけば、暴発した連中は周囲から十字砲火を浴びることになる。暴発した連中もまさかクレベに指一本触れられないまま終わるとは思わなかっただろう。

つまり実行犯は怯えていて、なおかつ周辺は完全自治が遠のくかもしれないことに怒っている。

君は、ダビラたちに、実行犯はお前たちの近くにいるんじゃないかと仄《ほの》めかしたが、君にとってはハッタリでも、彼らにとっては現実だったわけさ」

「実行犯が見つからないことは、弁務官の君も了解事項というわけか？」

ウマンにはそれは意外な話だった。

「調停官にとっては不満だとは思う。しかし、自分はここの弁務官だ。君の調査活動によってビチマが高い精神文化を持った民族だったと証明されたことで、シドン社会は動揺している。それを鎮静化し、事態を冷静に受け止められる環境を整備できるなら、私がクレべを爆破してもいいくらいだ」

「何と言えばいいんだろうな。クワズ・ナタールも大人になったとでも言えばいいのか？」

「大人というより老獪《ろうかい》さ。もちろんこんなシナリオ、調停官が君だからできるわけだがな。ウマンは自分が攻撃されたというのに、まるで動じる様子がない。むしろ調停官の力を誇示することで、一部市民の暴走を抑止する方向に活用した。その点では我々は同志じゃないのか？」

「歳はとりたくないものだな」

ウマンは思う。他人の老獪さがわかるというのは、自分もまた老獪なのだと。

調停官の力の誇示を意図していたわけではなかったが、ウマンは偵察巡洋艦クレベに搭載しているすべてのミラージュ攻撃機から兵装モジュールを降ろし、貨物モジュールに積み替えた。

そして貨物モジュールには、地上探査用のレーザーレンジファインダーや赤外線カメラなどを搭載した。手持ちのミラージュは四機であり、ハイランド山脈以南の平原地帯を、これら四機で分担して精査させたのだ。制御はクレベ搭載のAIエージェントのジャンヌが行なった。

基本的にこうした調査作業はその惑星の市民が行うというのがウマンの方針だったが、惑星シドンでは方針を転換して、可能な限りの協力を行うことにしたのだ。

理由は二つ。一つは市民間の対立が沈静化している間に可能な限り、目に見える成果をあげること。ともかくイック・バンバラを殺害した凶器の矛盾が説明できる程度の事実関係は明らかにしたかった。

何しろドルドラ星系は経済力が弱いことと、その関係で即物的な利益を求める人間が多いため、惑星環境の基礎データさえ揃っていないという現実がある。地表探査衛星さえ入植時に小型なものが軌道に置かれただけで、気象観測衛星さえないのだ。

これもあって、まず惑星の実態を知ることから始めねばならないため、平原部という限定された領域ながら、調停官が自前の機材で調査を行うことにしたのだ。

理由の二つ目は、最初の理由とも関わるが、惑星シドンにおける絶望的なまでの人材不足にある。産業と都市機能は自力で維持されているが、学術調査や基礎研究分野の人材不足は決定的だった。

平原部の遺跡調査を行う人材が確保できない。このため限られたスタッフを一部の遺跡発掘に集中させるしかなく、スクリーニング検査レベルのものはAIなどの機械力で処理するよりなかったのだ。

調査前にウマンはエピータ博士の意見を聞いた。結局のところ、長期的には彼女を中心としたチームが発掘を行うことになる。だから発掘計画の戦略は彼女の意見を抜きには立案できないわけである。

そうして立てた計画は、古代ビチマの道路網に焦点を当てたものだった。レーザーレンジファインダーで土地の凹凸を精査すれば道路を発見するのはさほど困難ではないが、闇雲に平原部を飛行するのではなく、効率的に調査する必要があった。

そのためにウマンは、この一〇〇〇年ほどの期間の気候変化をスパコンでシミュレーションした。ビチマがまだコンピュータを使えた時代に気象予測を行なったなら、可能な限り、気候の安定した領域や快適な領域を結ぶだろうという仮説による作業である。

そして仮説は正しかったらしい。四機のミラージュは、平原部に予想以上に整備された道路網を発見していた。そうした中には掘り起こして礫岩《れきがん》、砂利、砂、石板あるいはコンクリートで舗装されていたような道路さえ存在した。

さすがにコンクリートで舗装されたような道路は全体の中では数パーセントにすぎなかったが、石板を敷いたり、砂利を敷き詰めるような道路は少なくなかった。最低でも整地は行われていた。

道路の大半は火山灰の堆積などで積年の中で埋もれていたが、精密な計測で道路の場所は明らかになっていた。

そうした情報が集まってくると、地形的にそれほど特徴がないのに、幹線道路と思われる複数の道路が交差する場所が認められた。

それらのほとんどは石垣で囲んだ痕跡はあるが、それ以上の構造はなかった。だが一カ所だけ地下構造物が赤外線で認められた場所があった。それは伝承によるとイスマと呼ばれる場所に該当した。

おそらくそれらの街道が集中しているところにも溶岩チューブの地下住居があったが、地震か何かで崩落し、崩落跡も埋もれたものと思われた。それでも規模が大きかったのか、イスマだけが部分的に地下住居が残っているのだろう。

ウマンは地下施設であるイスマにヒューマノイド三体を送り込んだ。人間を送り込む余裕はないものの、早急に予備調査の必要性が感じられたためだ。

崩れる前は石垣が三〇〇メートル四方を囲んでいたようだった。ただ直線部分はなく、曲線が基調で囲まれていたらしい。ここが最初の頃の衛星からのリモートセンシングで人工物と判断されなかったのは、どうやらさまざまな建築物が崩壊したことで、AIから見て、人工物と判断し難かったためと思われた。

イスマは直径八〇メートル、高さ五メートルほどの小高い土盛りのようなものだったが、それは本来のイスマの姿ではなく、何かが崩壊して残骸が風化したもののように見えた。

しかし、幸いにもその土盛りの中に、地下に通じる穴があった。穴はヒューマノイドが辛うじて入ることはできたが、そこを抜けると、幅の広い階段に繋がっていた。

そして階段を降りながら、ヒューマノイドはレーザーレンジファインダーで内部空間のデータを計測する。地下空間はかなり広かったが、大規模な崩落による残骸が堆積していた。それでもコンクリートで頑強に作られた場所があり、そこを進んでゆくと、死体を納めたと思われる甕の集められた部屋に出た。

ここでウマンは、エピータに連絡をとり、ヒューマノイドからのデータを送った。エピータ側のAIと連携すると、ウマンの視界に変化が生じた。室内の色々な物の名前が表示されたのである。

「いままで発掘された遺跡から収集した文字をAIに分析させ、言語データベースを作り上げたものです」

「AIを用いたとはいえ、短期間にこれだけのものを？」

「いいえ、ベースとなるものは以前から構築していました。それに遺跡から発掘されたさまざまな文字や記号を読み込ませ、学習させた結果です。名前だけは伝わっていても、実態は不明のものも多かったので、その空白部分を埋められたことが大きいと思います。

何より、ビチマの言語は構造的に地球の言語と同じですから」

エピータは簡単にそうまとめたが、幾つもの星系を巡ったきたウマンには、この作業が簡単なものではないことは十分に理解できた。地球圏では植民星系がすべて同じ言語を話せるような政策をとっていたが、見方を変えればそうした政策を続けねばならない現実があるのだ。

惑星の人口や歴史などの違いから、言語はすぐに独自の進化を始めてしまう。ましてビチマには孤立状態の三〇〇〇年の歴史がある。元は地球の言語でも、独自進化の時間的余裕は十分にあるのだ。

イスマの地下遺跡はかなり規模が大きいのか、ＡＩでも翻訳不能な文字が描かれている部分が幾つもあった。

地下の多くが埋もれているが、天井部分に全長一〇メートル以上ある一本の金属製のシャフトが貫通していた跡が認められた。その金属シャフトには四つか五つの滑車が並べられていた。おそらく崩落が起こる前は、このシャフトが蒸気機関で回転し、プーリーを介する形で、複数の機械を駆動させていたように思えた。地球の産業革命初期の工場がそうした構造だったからだ。

ウマンの推測が正しければ、ここはビチマ文明圏の中で重要な生産設備の役割を担っていただろう。またこれだけの設備を維持管理できたということは、かなり有力な集団がここを拠点としていたはずだ。

興味深い発見だが、ヒューマノイドは残骸を通り過ぎ前進する。エピータもこの発見に興味をそそられたのか、仕事を中断し、こちらに神経をむけているらしい。

このイスマの地下施設はどうやら複数の溶岩チューブを連結したものらしい。明らかに人間が掘削したらしい地下通路が認められた。ただそれらの大半は崩落し、通行不能だ。

「これは大発見かもしれません」

エピータは珍しく興奮気味に語る。

「いままでビチマがどうして、あんなに簡単に入植者への隷属を許してしまったのか疑問でした。技術力の差があったにしても、これほどの文明を築いていた集団がなぜ奴隷同然の扱いに甘んじていたのか。

これは、おそらくその解答かもしれません」

エピータはウマンに訴えるように説明し始める。

「アラオナの溶岩チューブもイスマの溶岩チューブも大規模に崩落を起こしていました。最初は、少なくとも一五〇年は管理する人間もいないために荒廃したのだと思ってました。

しかし、発掘調査の事実が示すのは、崩落は入植者がやってくるよりも前に起きていたということ。そしてアラオナとイスマの距離を考えると、同時ではないとしても、そうした大規模な地殻変動が連鎖する形で、短期間に集中して起きていたならば、ビチマは溶岩チューブに建設していた金属加工や機械加工の生産設備の多くを失ったことになります。

もちろん破壊を免れた生産設備もあるでしょうし、知識を持った人材も残っている。それでも文明の復興には長期間が必要とされた」

「つまりビチマが入植者に易々と隷属する結果となったのは、地殻変動で生産設備や人口の多くを失い、生産力が最低の状態に陥っていたときに、入植者が現れたためということですか？」

「ビチマは自分たちが地球の人間であることを知っていたと思われます。だから入植者との再会により、自らの文明の再興を中止し、同化を選択した。彼らが自分たちを家畜同然の存在としか認識していなかったとも知らずに」

「悲劇ですね」

他に述べる言葉があろうか？　地殻変動があと一〇〇年早いか遅ければ、惑星シドンの文明のあり方は根底から違っていた。入植者たちは、平原部を一つの都市として自然環境に適応した高度な文明と遭遇しただろう。その事実は地球圏の文明をも変える力があったはずだ。

だが、惑星シドンが地質学的に活発な天体であるという事実が、一つの高度な文明に大打撃を与え、そして高い精神文化を持つ集団に家畜同然の扱いを受ける歴史を作ることになったのだ。

「調停官！」

ウマンの思いは、エピータの声で現実に引き戻される。ヒューマノイドは入口が破壊されている大きな部屋にでた。それは独特の名称があるようだったが、長い単語の中に、AIは墓所の二文字を認めていた。

そこは五〇メートル四方の正方形の空間が五つあり、それらは上から見れば十字形に配置されている。

墓所という単語が含まれているが、おそらくこの居住空間を作ったビチマには「墓所」という単語に複数の意味があるのかもしれなかった。

十字形の部屋の二つには何も置かれていない。そのためそこが溶岩チューブを削り、コンクリートで整形していることがわかった。

残りの二つの空間は、一つは骨で埋め尽くされていた。それはエレモの骨と思われた。積み上げられている骨は地震のためか崩れていたが、どうやら大きさか形状で分類されていたらしい。ビチマの金属精錬に骨を加工したものが用いられていたが、大元の加工はここで行われていたのだろう。

これだけの材料が使われていないのは、金属精錬を行う施設が活動を停止していたためかもしれない。

残る最後の部屋は、多くの死体を収容する甕が並んでいたが、その一角とは別に、祭壇が設けられ、その上に安置されている甕がある。それらの祭壇には埋葬品も並べられていた。扱いが違うのは、部族に貢献度が高かった者たちなのだろう。

　地球のような墓泥棒がいないのは、ここが博物館なり歴史史料館的な意味を持っていたためではないか。

「エピータ博士、これは？」

　驚くべきことに、甕の埋葬品の中に、アルミ製のハンドアックスと思《おぼ》しき道具が幾つも置かれている人物がいた。

「柳下さんが言っていた凶器と合致します。他で見つからなかったのは、イスマにだけ集められていたからなのか」

　エピータはあまりの光景に言葉もないらしい。しかし、驚くべきは甕に表記されている名前の翻訳だった。そこには「エレモを狩る牙」とあった。

「あの甕に埋葬されているのは、〈エレモを狩る牙〉なのか」

　エピータはそう呟きながら、ヒューマノイドの一体について、制御をウマンから自分に移した。そうしてハンドアックスをヒューマノイドに観察させる。

　ハンドアックスは、おそらくは鋳造品ですべて同じ形状だった。しかし、ヒューマノイドのレーザーレンジファインダーでそれらの形状を精密に解析させると、祭具とは思えないほど使い込まれていた。純粋アルミのため傷つきやすいのかもしれない。

ただ、このハンドアックスはやはり祭具であろうとウマンは思った。刃の部分は、イック・バンバラの頭蓋骨に認められた傷跡から予想されていたものと合致していた。しかし、柄の部分とのバランスがひどく悪い。刃の大きさに比して柄が太すぎるし、長すぎる。ミサナ・バンバラは姉のイック・バンバラをハンドアックスで斬殺したが、この柄の大きさなら、刃などなくとも撲殺できただろう。道具としては実用性は低いが、祭具ならあり得るのか。大王と呼ばれたイック・バンバラが祭具で殺されたのも、当事者たちには意味のある行為なのだろう。

だが〈エレモを狩る牙〉の埋葬品のハンドアックスの中に、刃こぼれがひどく、なおかつ取手まで血痕らしいものが付着していたものがあった。それは肉眼ではわからないが、レーザーレンジファインダーだからこそ痕跡が見えるほどのものだった。

「これが〈エレモを狩る牙〉の埋葬地で、そこから血まみれのハンドアックスが見つかったとなれば、放置できんな」

「はい、私もそう思います」

エピータはそう言うと、問題のハンドアックスをヒューマノイドに回収させる。可能な限り現状維持を心がけているようだ。

ここで回収されたハンドアックスはすぐに、ネオ・アマコに運ばれ、ラボで分析された。

幸いにも柳下は数日前から帰還していた。

「結論が出ました。刃物の血痕はイック・バンバラのDNAと一致しました。殺人事件の犯人は何者であれ、イック・バンバラを殺害した凶器はこの祭具です。

さらに柄から上皮細胞が確認できました。祭具の保存状態が良好だったのでしょう。

まずDNAとして〈エレモを狩る牙〉のものが認められます。これは埋葬品ですから故人の持ち物とすれば当然でしょう。もう一つは、ミサナ・バンバラのDNAです。この二者のDNAが大半で、その他に〈エレモを狩る牙〉と親子関係にある人物のDNAが少量です。これは埋葬時に触ったためと推察されます」

柳下はウマンやクワズたちなど弁務官事務所の主要スタッフに分析結果を説明する。部外者はエピータ博士だけだ。

「刑事事件であれば、この情報だけでミサナ・バンバラが犯人とは断言できません。凶器が特定され、ミサナがそれに触れていたことが証明できただけです。

ただそれ以外の情報、殺害事件の被害者と加害者の身長差などの解析、さらにミサナのDNAが柄の特定部分でのみ大量に認められることなどから総合的に判断すれば、伝承通り、ミサナ・バンバラがイック・バンバラを殺害したという結論には合理性があります」

弁務官事務所のスタッフから拍手が起こったが、柳下は説明を続けた。

「伝承ではイック・バンバラは、ベスパ・キロンに唆《そそのか》されたミサナ・バンバラによって殺害され、ミサナが王になったが社会は混乱し、〈エレモを狩る牙〉が混乱を収めたとあります。

ここまでの発掘で、伝承の正しさ、少なくとも事実関係との矛盾はないことが確認されてきました。しかし、一つ不整合がある。イスマで発見された凶器から検出されたDNAはこれだけです。伝承を信じるなら、ベスパ・キロンに該当するDNAが認められたはずです。本来なら三人分のDNAが濃厚に認められるべきなのに、該当するのは二人分。

そして〈エレモを狩る牙〉は二つ名であって本名ではない。もしもベスパ・キロンが〈エレモを狩る牙〉と同一人物なら、この矛盾は解決する。そもそもベスパ・キロンが何者か、情報が少ない。有力者であり、イック・バンバラと対立していたくらいしかわかっていない。

一方で、〈エレモを狩る牙〉もまた有力者であり、イック・バンバラとは別の集団を率いていた。そこで次のような仮説が考えられます。

ベスパ・キロンこと〈エレモを狩る牙〉は、ミサナ・バンバラを唆し、ライバルを殺させ、彼を王位につける。しかし、ビチマ社会が混乱する中で、〈エレモを狩る牙〉が混乱を収束させ、権力基盤を盤石《ばんじゃく》にした。あくまでも素人の仮説ですが、一連の出来事の見通しはずっと良くなります」

ウマンは事実関係を積み重ねたその仮説を興味深く感じた。ただシドン社会がビチマへの偏見を持たずにいれば、柳下の仮説の検証も今頃は歴史的事実として決着がついていたのではないか。その意味でシドン社会は無駄な時間を過ごしていたことになる。

柳下は、自分の仮説を述べたのは言い過ぎと思ったのか、ここで口調を改めた。

「すいません、いまの仮説は本筋とは関係ありません。事実関係から割り出せる一つの可能性として紹介したに過ぎません。

イック・バンバラと伝承の関係は、ほぼ証明できたと思いますが、ハンドアックスの分析で二点、説明のつかない事実がわかりました。

一つはアルミ鋳造のこの道具です。当初、頭蓋骨からのサンプルからアルミは無重力状態で結晶化した可能性を指摘しましたが、改めて分析すると、結晶化した時の重力は〇・七から〇・八G程度となりました。

理由はわかりません。まだ無重力の方が説明がつきます。強いていうならば、他の植民星系の重力が小さな地球型惑星で鋳造されたものが、コスタ・コンコルディアに積まれていた場合ですが、まずあり得ないでしょう。

あるいは結晶化の過程で何か重力以外の要因が働いたのかもしれません。これは将来的にアルミ精錬の工房の発見を待つよりありません。ビチマがアルミニウムを手に入れていた手段が電解法ではなく、たとえばナトリウムを用いた還元法であれば、我々の知らないような外部条件の影響が働いた可能性もあります」

アルミニウムのナトリウム還元法は一九世紀ごろに開発された手法だ。電解法よりも効率は悪いが、電力事情に限界があったはずのビチマ社会では、そうした化学的手法でのアルミ精錬はあり得るだろう。さらに柳下は続ける。

「もう一つ説明のつかない点は、実は人間の細胞とは別に、エレモの細胞も柄の部分から多量に検出されたことです。ただし刃の部分にはほとんど認められていない。逆ならばわかります。祭具でエレモの肉を切り分けるとかそんな場面です。しかし、細胞は主として柄から認められた。

ただこれは、そもそも祭具がどんな儀式で用いられていたのか、その儀式の内容が解明できていない状況だからこその謎です」

「つまりハンドアックスがアルミニウム製である理由もまた、将来的な遺跡発掘の中で明らかになるわけか」

クワズ弁務官は満足そうだった。ビチマは人間であり、それだけでなく遭難してからの三〇〇〇年、科学知識を維持し、独自の文明を築いていた。それが証明できた。

のみならず遺跡発掘の中で、科学的な事実の積み重ねで未知の文化について多くのことを明らかにできた。クワズが語っていた異星人文明との接触という観点で見た時、異文化受容については道半ばであるとしても、科学的方法論が最大の武器になることは検証できたのではないか。それだけでも大きな収穫だろう。

しかし、そこまで考えた時、ウマンは積み残した不明点を合理的に説明できる可能性に気がついた。さらに曖昧に処理しているが、はっきりさせるべきことがある。マスドライバーでクレベを攻撃した事件の処理だ。犯人グループをどうするかはクワズ弁務官の判断だが、当事者として白黒をつけるべき問題はある。

とはいえウマンの任務はほぼ終わった。これら残務整理ののちに地球に戻らねばならない。

ウマンはその日のうちに、自分のエージェントAIのジャンヌに指示を出し、偵察巡洋艦クレベを地球に帰還させた。地球でなければできない調査項目があるためだ。

クワズ弁務官には帰還前の中間報告と伝えてある。それも嘘ではない。ただすべてでもないだけだ。

クレベは二日後には戻ってきた。ジャンヌの報告は、彼が立てた二つの仮説を証明するものだった。

明日は地球に戻るという日。ウマンは首都サイリスタを訪れ、暫定自治政府や暫定議会に帰還する旨の挨拶をした。政府関係者は例のマスドライバーによるテロ行為の究明について、ほとんど進展がないことに遺憾の意を表していた。

ウマンはその件については暫定自治政府の治安維持能力次第であり、深刻な社会対立を招かない治世を心掛けるなら、調停官として統合弁務官事務所に報告する意図はないことを伝えた。

そうしたサイリスタでの用件を済ませたウマンが無人車で向かったのは、郊外にあるシバナンダ・コミュニティセンターであった。

ウマンがコミュニティセンターに着いたのは、自転周期の長い惑星シドンで朝焼けと夕焼けの間にある、空が青い時だった。穏やかな天候の中で、数人の若者たちが二〇人ほどの子供たちと何かを歌っている。

意味はわからないが、韻を踏んだ規則正しい旋律の歌だ。ビチマの童謡なのだろう。遺跡の発掘以降、ビチマの言語に関しても多くのことがわかり、AIによる少数言語復活事業も大きく進展したと聞いた。子供たちの歌っているものも、そうした成果の一つだろう。

暫定自治政府の関係者はウマンが地球に戻ることに、疫病神がいなくなるという本音が透けて見えていた。それもあってか、ウマンがここを訪ねたことも挨拶回りと受け止められたらしい。

一方、コミュニティセンターにはすでにウマンが来ることを伝えてあったので、ステリング・ルバレのスタッフが彼女の執務室まで案内してくれた。最初に訪れた時よりも、センター内は活気があった。色々な活動をするグループが増えているらしく、特に子供の姿が目についた。

スタッフはルバレの執務室前で別れ、そこから先はルバレ自身が出迎えてくれた。何かを察したのか、室内には彼女しかいない。

「明日、出発だって？」

自ら薄い酸味の感じられるビチマのお茶を淹《い》れながら、ルバレは尋ねる。

「えぇ、明日です。ここも色々変わってきたようですね。子供たちが歌っていたのはビチマの童謡ですか？」

「あれかい。古い童謡だけど、最近の遺跡発掘まで意味不明の歌だった。あの童謡、なんだと思う？　級数展開の方法だよ。他にも微積分の歌や原子の周期表の歌もある。かつてのビチマはそうやって必死で、技術文明の知識を次世代に継承しようとしていたのさ。

それで用件は？　まさか調停官のような要職にある方が、民間のこんな施設にわざわざ挨拶に来るからには、重要な話があるんじゃないですか?」

「だから、あなた一人しかいないのですか」

ウマンが自分の考えに確信を持てたのは、まさにこの時だった。

「すでにご存じかもしれませんが、クレベを一時的に地球に帰還させてました。報告と調べたいことが二点ありましたので。

それにより私の疑問点は氷解しました。それらについてはすでにクワズ弁務官にだけは伝えてあります。彼の苦労はいましばらく続きそうです」

「何かあるんですか?」

話の流れが予想していたものと違うのか、ルバレは少しばかり怯えた表情を見せた。

「結論を先に言うなら、ドルドラ星系の完全自治は当初の計画より遅れるでしょう。それに伴い、地球圏の統合弁務官事務所が中心となって恒久的な調査チームがやってきます。おそらく研究所の設立にまで至るでしょう。

慎重にことを進めねばなりませんが、惑星シドンの人口構成は急変することになるかもしれません。総人口二〇〇万人の社会に、さらに一〇万、二〇万という規模の人間が定住することになりますから」

「ビチマ文明の調査がそれほど重要なのですか?」

「もちろん重要です。恒久的な研究所の創設は当初からの計画でした。ですが、いまの話はそれとは別です。エレモの研究が中心です」

「エレモって、あの絶滅した巨大生物のエレモ？」

ここでエレモの話が出るとは思わなかったのだろう、ルバレは不思議そうな表情でウマンを見ている。

「そのエレモです。

ビチマはエレモを食料源としていただけでなく、その骨を金属精錬のための材料にもしていた。その一方で生物としてのエレモについては生態も含めてわかっていないことが多すぎる。草食か、肉食か、雑食かさえわかっていない。

シドン社会において、地理的、生態系的な調査は非常に貧弱ですが、それでも長年の蓄積はある。動植物についても実学的見地に偏《かたよ》っているものの、それなりの分析はなされている。

その中で大きな謎は、エレモは何から進化したのかがわからないことです。シドンの陸生動物は現存するものではアナンケが最大で、エレモのような巨獣はいない。また多くの動物と組織的にも不整合がある。ただこれについてこれまで真剣に研究されていなかった。

イスマの遺跡でエピータ博士のスタッフが、ヒューマノイドによる調査を続け、エレモの骨が蓄えられた倉庫を発見しました」

「そこで精錬用の骨材を加工していたんじゃないかとエピータが言ってたわ」

「ならば、骨折痕のある骨が多数見つかっていることは？」

「折れた腓骨《ひこつ》が多いとは聞いた。それが地球から研究チームがやってくる理由？」

ウマンは許可を得て、ルバレの視界にエレモの骨格の立体図を示す。

「骨が弱い一因は栄養状態の悪さにあったようです。骨の断面を見ると、エレモはどれも、死ぬ間際の栄養状態が極端に悪い。ほとんど骨の成長が見られない。ただ、エレモの寿命は個体差が大きい」

「それはエレモにとって致死性の疾病《しっぺい》が存在するということ？」

「それが自然な発想ですが、前脚を見てください。エレモは肘をついて歩行していた。これは骨の奇形や壁画に残されたエレモの姿から推測できます。四足歩行で肘をついて歩く動物を想像できますか？」

「想像できるかって、実在したんでしょ、エレモは」

「そうです」

そう言うとウマンは骨格モデルを動かす。四足歩行の巨獣を直立させたのだ。それにはルバレも声を上げた。

「エレモは二足歩行動物……」

ルバレの言う通りだった。エレモを直立させた場合、骨格の位置関係はずっと自然になった。

「本来は二足歩行動物です、しかし、シドンの陸地では四足で歩行せざるを得なかった」

「エレモはもともと海洋生物で、それが陸棲に変わったために、何から進化したかもわからず、不適合が起きているとか？」

「いや、それは興味深い仮説だが、海洋生物としてはこの骨格は不合理だ。シミュレーションによると、この骨格で二足歩行して生活するのに最適なのは、シドンよりも七割からせいぜい八割程度の表面重力の場合だけだ。

生憎《あいにく》とエレモの循環器系についてはまだ何もわかっていないが、一般論から言えば、本来の生存環境から二、三割も重力負荷が高ければ、循環器系への負担も相応に高くなる。一言でいえば立ってはいられない」

ルバレはそれが意味するところをすぐに理解したようだ。しかし、だからこそ不審な表情を浮かべる。

「調停官、それはエレモは惑星シドンの生物ではなく、他の天体を起源とする生命体ってこと？　どこからそんなことを思いついたの？」

「単純です。この惑星の進化史では説明できない生物が存在したならば、他の惑星環境で発生した可能性を考慮するということです。

クレベを地球に戻して統合弁務官事務所のデータベースで検証させたのは、他の植民星系にエレモあるいは類似の生物が確認されているかどうかでした。そしてミゴウ星系の惑星イタカという天体で、エレモと同じ生物の骨格が発見されたことが三〇年前に報告されている。

生憎とイタカは惑星凍結状態にあり、植民は不適と判断されている。火山周辺の一部の平原部が植民可能か入念な調査が行われ、この骨格もその時に発見された。復元図が太古の地球のオオナマケモノに似ているので、イタカナマケモノと命名されたが、それ以上の調査はなされていない。

そしてエレモとイタカナマケモノはほぼ等しい遺伝子情報を持っていた」

「寒くて活発な火山活動がある……シドンと同じね」

ウマンは、イスマで発掘されたハンドアックスと直立したエレモの骨格を並べた。

「ビチマがアルミで、こんな道具を作り上げたのか謎だった。しかし、これはエレモが使う道具としては使い難い祭具をなぜ作り上げたとすれば筋が通る。アルミ鋳造はシドンよりも弱い重力環境の産物であるという分析とも合致する。じっさい刃ではなく柄の部分にエレモの細胞が多数検出されている。このビチマの祭具と思われていたものは、エレモの道具だった。このことが意味するのはただ一つ。エレモは道具を活用できる存在、つまり知性体であった」

「だけど調停官、こんなエレモからすればナイフに等しい道具でどうするつもりだったの？　植民じゃないわよね。他の惑星からシドンを訪れたからには、少なくとも宇宙船を持っていたであろう生物が、ナイフ一本でシドンに降り立つなんて、そんなことがあり得るの？」

「正直、エレモの帰属していた社会についてはまったく情報がありません。だから彼らの意図を人間である我々が議論することには最初から限界があります。

　それでもなお仮説を述べるなら、エレモ社会にとって惑星シドンは流刑地だったと考えるのが一番合理的でしょう。

　流刑囚にとってシドンの環境は過酷です。重力は強いので四つん這いで生活しなければならない。生きてゆく道具もハンドアックスが一つだけです。しかも鉄ではなくアルミ製です。長持ちはしなかったでしょう。

　エレモが流刑囚であったなら、同族と遭遇することは非常に稀だったでしょう。彼らは孤独の中で厳しい自然環境と戦って生きていた。おそらく流刑囚にそうした経験をさせることが、エレモ社会では意味があった。そんな彼らの前に自然環境とは別の新たな敵が現れた」

「遭難したコスタ・コンコルディアの乗員たちね」

「宇宙船の乗員たちもこのシドンの過酷な環境で生きてゆかねばならなかった。彼らとエレモの間で意思の疎通が不可能であったなら、エレモは宇宙船の機械が使えた人類の食料になるしかなかった。

悲劇としか言えない遭遇です。もしもコスタ・コンコルディアが遭難者ではなく、十分な装備と資材を持った植民者であったなら、我々は異星人と遭遇を遂げていたかもしれません」

だがルバレは静かに首を振った。

「同じ人間であったビチマの歴史を考えれば、エレモは食料にされるしかなかったでしょうね。エレモには悲劇しか選択肢はなかった。

でも、すべては過去の話。いまさらエレモを研究しても、彼らの母星はわからないんじゃない？」

「とは限りません。ビチマの伝承に、聖書にあるような楽園追放やモーゼの出エジプトに似た内容がある。その中にエレモの群が、エレモの王に導かれて天の国に昇ったというのが残されています。

エレモの倫理観など、もとよりわかりません。しかし、死刑ではなく流刑を選択した社会が、その流刑囚が動物として食料にされている事実を前にしたら、どうするか？」

「ビチマを皆殺しにするか、さもなくば流刑囚を移動させる。エレモは後者を選択したわけか」

「すべては仮説に過ぎない。憶測と言ってもいいでしょう。しかし、エレモが消えたのは、推定で四五〇年前の出来事です。ドルドラ星系からそれほど遠くないところに、未知の文明が存在するかもしれない。そうであるならば、エレモを組織的に調査研究する意味はある。植民化は不適と判断されたミゴウ星系にも調査団が送られるだろう」

「……だから完全自治は遅れるのか。なるほどね。調停官、あなたは本気でエレモが正式な植民者と接触したら、こんな悲劇は起きなかったと言うの？」

ウマンは言葉を選ぶようにそれに応える。

「そもそもドルドラ星系への植民事業は、権利を獲得したゼネコンが弱小だったこともあって、多くの手順が不法だった。正しい手順での植民事業ではなかった。今更な話だが、ビチマ問題の根本はそこにあった。

しかし、だからこそ入植者たちも自分たちが危機的状況にあるという強迫観念を持っていた。不法行為が露呈すればすべてを失うと。

誤解を恐れずに言えば、ドルドラ星系の初期入植者たちも、流刑囚とそれほど違わない状況だった。

だから手順を踏んで正しいプロセスで植民事業が行われたならば、こんにちのビチマ問題は生じておらず、仮にエレモが入植時にまだ生存していたとしても、少なくとも悲劇にはならなかったでしょう。

調停官として、私はそう考える。またそう考えねばならない、それが私だ」

ルバレが、ウマンとはやはり違った考えなのはわかった。しかし、同時にウマンの立場もわかっているようだった。

「それでクレベに調べごとを二つさせたとおっしゃってましたけど、調停官、もう一つは何です？」

ルバレは、エレモの話以上の驚きはないと思っていたようだった。

「巡洋艦クインシー艦長、カローム・バラム大佐についての調査です」

ルバレは危うく持っていたカップを落としそうになった。

「私のことを調べたんですか？　高級軍人のプライベートは非公開が原則では？」

「同時に、調停官が必要とする合理的理由があれば調査可能です」

ルバレは納得したというより、諦めたように椅子に掛け直す。

「どうして私のことを調べようと？」

「最初にお会いした時から、疑問がありました。あなたは他所者《よそもの》なのにコミュニティセンターを管理することを認められている。

確かにルバレさん、あなたはビチマ文化への造詣が深い。しかし、それだけならあなたはアナングに留まるはずだが、施設管理者でもある。そしてコミュニティの所有する土地の管理を認められるためには、ハメイギニでなければならない。

アナングでありハメイギニというのはビチマであるための条件だ。にもかかわらずあなたは他所者だ。私はこの矛盾の解消がつかなかった。

だが、一つの可能性に気がついた。あなたが惑星シドンでビチマとして生まれ、何かの理由で地球に養子に出された。

そして地球で教育を受け、軍人となり、巡洋艦の艦長を任せられるまでになった。そんな人物が故郷に戻るなら、ハメイギニの資格はある。そしてビチマ文化の価値観を受け入れたなら、再びビチマの一員になれる。ダグラス・クローバーがコミュニティに受け入れられたように」

「概《おおむ》ねその通り。若干補足すると、私はビチマとして生まれた時、ナスコデ・ザレと呼ばれていた。〈牙を隠し持つ者〉って意味。ただこれは通り名で、真名は別にあって、それがカローム・バラム。

ステリング・ルバレというのは、私を養子に迎えてくれた家の人がつけてくれた。私が養子になった経緯はよくわからない。両親が亡くなったことだけは覚えてる。

ただその時、両親はアナンケの状態だったらしい。だからビチマコミュニティは私を受容できず、入植者たちはビチマを保護施設や養子という形では受け入れなかった。当時の法律はまだそうした差別的条項が残っていた。

私という存在は完全に宙に浮いていた。そこで弁務官事務所が人道的措置として地球のルバレ家に養子斡旋《あっせん》をしてくれた。

宇宙軍に入ってからはカローム・バラムを名乗った。成人だから自分の名前は選べるからね。その頃は若かったから、ビチマ文化を嫌っていて、あえて真名を名乗ってやったのよ。真名は他人に明かすなって言われてたのに。

それでもいい加減、年齢を重ねれば自分のルーツについて知りたくなる。それやこれやで戻ってきた。ステリング・ルバレに戻したのは、ビチマ社会では真名を名乗らないのが礼儀と考えて」

「そうしてエピータに匹敵するほどの高い教育を受けたあなたが、ビチマ社会で指導的立場になるのは時間の問題だった。

「それで調停官がここにいらしたのは？」〈牙を隠し持つ者〉の、名前通りですね」

「単刀直入に言いましょう。偵察巡洋艦クレベを攻撃したことに対して、あなたに責任を負っていただきたいからです」

ルバレはウマンの言葉に眉ひとつ動かさなかった。

「私がテロ攻撃をしたという証拠は？」

「ルバレさん、あなたが手を下したわけじゃない。あなたが抱える色々なグループの中には、弁務官や調停官に反感を抱くものもある。あなたがやったのは、そうした暴力的な連中を巧みに唆し、マスドライバーの攻撃を実行させることにあった」

「あの時、クレベには柳下技官が乗っていた。我々と弁務官事務所の架け橋となってくれている大事な人物を私が殺そうとすると思う？」

「思いません。そもそもあの計画には殺意など微塵もない。艦長経験のあるあなたならご存じでしょう。巡洋艦は同じクラスの巡洋艦との戦闘を前提に設計されている。

機動力があり、都市を破壊できるほどの火力を持つ巡洋艦にとって、マスドライバーによるコンテナ攻撃など、戦車に石を投げつけるようなものです。

しかし、それは巡洋艦の戦闘システムを知悉している人間しかわかり得ない。シドンではクレベの能力がわかるのは、私を除けばあなたしかいないんですよ、ルバレさん。

言い換えるなら、あなたがマスドライバーでの攻撃を唆した時点で、あなたの殺意は否定される。攻撃が失敗することは明らかですから」

「それで、どうなさるの？　私は逮捕されるの？」

「調停官は、調査権はあっても逮捕権はありません。私があなたを逮捕することはできない。ただ仮説はあります」

「聞かせていただけるかしら」

ルバレは静かにそう語る。

「イック・バンバラの死体調査から始まる一連のビチマ文化の発見は、シドン社会を揺さぶっている。その結果、シドンの社会のさまざまなグループの対立が先鋭化しかねない状況になっていた。

ここで大規模な暴力の応酬が起きた時、どういう形であれ一番の損害を被《こうむ》るのは少数派のビチマやその周辺のアナングだ。

そして多数派である入植者たちが調停官や弁務官への反感を募らせているのは、市民の多くがメディアから知っていることだ。だから彼らが暴走し、調停官に対する極端な暴力に訴えたなら、そしてその攻撃が失敗したならば、攻撃の実行犯だけでなく、市民全体が調停官からの武力による報復に脅えることになる。その結果、暴力の行使には抑制的にならざるを得ない。

だから実態は安全ではあるが、極端な暴力行使に見える形であなたはマスドライバーによるクレベ攻撃を唆した。

攻撃は失敗し、その粗雑な計画性だけが目につく。しかし、実は緻密に計算されていた。マスドライバーのコンテナは巡洋艦をサイリスタから視認できるタイミングかつ、コンテナ群の撃破を目撃できるように発射された。結果としてコンテナはミサイルとレーザー砲で破壊されたが、その様子はあなたの思惑どおり、市民の多くが目撃することとなった。

市民は調停官の巡洋艦が攻撃された時、それからの報復に恐怖した。クレベの火力でサイリスタを焼き尽くせることは、子供でも知っています」

「他人を裏から操り、人々を恐怖に陥れた。調停官は私を悪党と思ってるでしょうね」

ウマンはそれに対して語気を荒らげた。

「偽悪趣味はやめることだ。本来なら将官になれるはずのバラム大佐は、部下の不祥事の全責任を負って退役した。彼らの将来を守るために。

それがカローム・バラムという人間の本質だ。自分だけが泥を被り、悪党であるかのように振る舞うことで、他人を守ろうとした」

「私がさも善人のように言うのはやめて。あなたに何がわかるの」

「わかりますよ、調停官や弁務官というのは泥水を飲み干すのが仕事だ。泥を飲み込んで綺麗な水を残して、自治政府に権限を委譲するのが仕事だから。ただ惑星シドンは泥が多すぎた。だからクワズは私を呼んだんですよ」

「なら悪い調停官は、悪党の親玉に何を要求するのさ」

「クレベの件はどうでもいい。あなたが泥を被ることを選んだなら、そのまま被り続けてくれ。裏から手を回し、脅したりすかしたりしてもいい、エピータの事業が軌道に乗るまで、大規模な暴力の応酬が起きないように動いてくれ。クワズと協力すれば、それは実現するだろう」

ウマンがそう言うと、ルバレの執務室の壁に、地上に落下したコスタ・コンコルディアの艦首が浮かぶ。それは発見された当時の姿らしい。

「コスタ・コンコルディアの艦首って九〇度曲がってるだろ。これって軌道上にいたときに、地上に太陽発電の電力をマイクロ波で送電するためだったらしい。だけど、それだけじゃない。

不思議に思わない？　一度は切断された艦首が大気圏突入でどうして分離しなかったか？」

「そう言われれば……」

ウマンは、それが些事ではないことを直観した。

「私は専門家だからわかる。ここまで頑強に溶接したのは、乗員たちが宇宙船を捨てたからじゃない。いつか文明を再興し、宇宙に到達できた時、この宇宙船を活用するためよ。ビチマの伝承には星に戻るというモチーフが多い。それはエピータも含め、みんな地球への帰還を暗喩していると解釈している。

でも、私にはわかる。コスタ・コンコルディアの乗員たちは、自分たちが自力で宇宙に戻ることを諦めてはいなかった。ビチマの伝承にある星というのは、数百年前まで軌道上に存在した宇宙船コスタ・コンコルディアそのものだった。

で、悪党の親玉として要求する。この星の若い連中に、星の世界に出てゆくチャンスを広げてほしい。市民なら誰でも。そうするのがアナングだからね」

「悪党として、承った」

ウマンはルバレに手を差し出し、二人は握手をした。

ネオ・アマコのエアポートにはウマンを見送る人間は少なかった。クワズ弁務官に柳下高等技官、そしてエピータ・フェロン博士だ。それはウマンの希望だった。

「ルバレから話は聞いた。お前は僕を蛙か何かと思ってたのか?」

クワズが言う。

「だって泥水が好きなんだろ」

「まぁな」

柳下は目を赤くしていた。

「寂しくなりますね」

ウマンは柳下をハグした。

「ここまで謎が解明できたのは、あなたのおかげです。ありがとう」

ウマンがそう言うと、柳下は泣くのを見られたくないのか、そこから離れた。

そしてウマンはエピータに手を差し出す。

「私は、あるいはあなたに大変な労苦を背負わせることになったかもしれない。何かあれば力になります」

それに対して、エピータは言う。

「いえ、礼をいうのは私の方です。信頼の証《あかし》を」

そう言うとエピータはウマンの耳元で囁く。

「ヤシュ・ティカル、それが私の真名です。それを知っているのは私以外にはあなただけです」

「どういう意味なんですか？」

「ヤシュ・ティカルとは、〈世界を敵に回す者〉という意味です。私の人生そのままですね、調停官」

「それは違う。あなたは、あなたの信念の結果、世界を味方につけました」

驚くエピータからウマンは離れる。

そして彼を乗せたミラージュは離陸した。

あとがき

小説のアイデアをいつ思いついたのか、多くの場合、それは曖昧であることが多い。ただ本書のアイデアについては例外的に明確である。『工作艦明石の孤独2』の脱稿間近の二〇二二年八月五日に本書の基本的アイデアはできていた。

なぜそう言えるのかといえば、その前日の四日、BS世界のドキュメンタリー「よみがえる氷河の足跡」というアメリカのドキュメンタリー番組が放映され、その録画を観たためだ。

このドキュメンタリーの内容は、マンモスを追って旧大陸から新大陸へ人間がどのようなルートで移動したのか、それを実験も交えて検証するものであった。文字通り、大地に残った足跡から事実関係を積み上げ、当時の気象予測などから人類の辿った道を再現するという内容であった。

しかし、この番組でもっとも印象的だったのは、ネイティブアメリカンの文化人類学者が登場したことだ。氷河期の旧大陸から新大陸に渡ってきた自分たち先住民族こそが、自分たちの視点により、アメリカの先住民族の歴史を自らのものとして理解し、発言することができる。本作は、まさにここから誕生したと言える。

この番組を見終えた時点で、全体像はほぼ出来上がっていた。

それでも最初の頃は、三〇枚くらいの短篇に収まるのではないかと漠然と考えていた。なので、短篇として仕事の合間に書き始めていた。

ただ、それですぐ明らかになったのは、この話は到底、三〇枚では収まるものではなく、一〇〇枚でも収まりそうにないことだった。そうして試行錯誤している中で、『工作艦明石の孤独』の3巻の執筆を開始した。そうして3巻を執筆する中で、8章のドルドラ星系こそが、考えていた短篇の世界であることに気がついた。あるいはこの短篇の構想があったからこそ、3巻の8章はあのような形になったとも言えるかもしれない。

本篇のシリーズと外伝である本書との間に共通する主要人物がいないのはこのためである。世界は共通だが、時代も場所も違う話であったのだから。

それでも別の構想として考えていた短篇が、こうして外伝として誕生できたのも、このシリーズの設定として考えていたワープ航法が抱える問題点から、導き出せる状況設定だったとも言える。

読者の側は「技術的に未成熟なワープ航法で遭難者が多数」としか情報がないわけだが、書く側としては、遭難者たちはどうなったのだろうかということもやはり気になるし、考えているわけなのだ。

いまさら本篇には影響しないのでネタバラシ的に書いておくと、ワープ航法の失敗で遭難した宇宙船は、出口の座標が目的地と違っていただけで、どれも惑星を持つ星系にワープアウトしている。

そこから先は星系の環境によって異なる。快適な惑星を発見し、そこにコロニーを建設できた宇宙船もあれば、惑星環境は理想的だが、降下手段がないという悲喜劇もある。あるいは致命的なまでに運が悪く、住めるような惑星がないために、彗星か何かを資源に、宇宙船で自活することを余儀なくされる船もある。さもなくばたまたま異星人の文明世界にワープアウトしてしまい、そこに居候する宇宙船もある。

このような使われることは決してない設定を色々と考えていたので、先のドキュメンタリーを見て思いついた短篇をシリーズに吸収するのはさほど困難ではなかったのだ。

本作の解釈は人によりさまざまだと思う。いうまでもないことだが、正解というものはないだろう。それでも何某か、心に残るものがあれば幸いです。